表4　アンブロジオ・ロレンツェッティ
「マドンナと子ども」

# はしがき

人間の子どもになったピノッキオについて語る、このささやかな書物で、私は遠い遠い記憶の中から幾つかの「観念の幽霊」*を呼び出すことにしました。それらは少しおどけた、また小うるさい幽霊どもであります。しかし、彼らは読者の皆さんのご機嫌を損じるようなことはおそらくしないと思います。皆さんの周りにこれらの幽霊どもが現れてもけっして驚かないでください。そしてまた、皆さんのお一人お一人がご自分の幽霊を呼び出して、私の幽霊どもと一緒に遊ばせてみてください。たくさんの楽しい幽霊が皆さんの周りに現れて、きっと皆さんを喜ばせることでしょう。ですから、どなたも彼らを追い払おうなどとお考えになりませんように。

皆さんの忠実なる友

吉志海生《きっしかいせい》

二〇〇五年十二月

＊「観念の幽霊」については安部公房・作の劇『幽霊はここにいる』よりヒントを得ました。念のため申し添えます。

# 目次

装挿画　サカイ・ノビー

河底にくらいつき
いつもひとりで突っ立っている

ごみが　ぼろくずが
わしの苔むした胴体を　かっさらっていこうとして
押し寄せてくる
それでもわしゃあ　知らん顔をして
やつらの呟きを聞いている
ぶつぶつぶつ　ぶつぶつぶつ

わしゃあ　いつも思うんだ
やがて　わしの全身がすっかり虫に食われ　泥水で腐り
泥水といっしょに流されるときがやってくるにちがいない　と

たまらなく悲しいよ
でも、せめてその日の来るまでは
知らん顔して　黙ってにらんでいる
あの天の一角を

「ああ、いい詩だ。あなたの生活と人生が実によくにじみ出ていますよ。」

ピノッキオはそう言って木の杭を励ました。

「ありがとう。きみは本当にそう感じたのかい?」

「そうですよ。感想にウソを言っても始まらないでしょう。」

「確かにそうだ。感想は感じたままだからね。」

「ただ、ぼくには少し寂しい感じが残りました。」

「そりゃ、そうだ。お前さんはまだ若い。わしはもう棺桶の中に半分体を突っ込んでいる老いぼれだ。」

「どうか、これからも長生きしてください。」

「ありがとう。棺桶の中から少しすき間をあけて世の中を見ているよ。」

「ぼくのこれからも見ていてくださいね。」

「ああ、できる限り見ているよ。」

そうやってピノッキオは古ぼけた木の杭と別れて、また、すたすたと歩き出した。河に沿って上流にのぼっていくと、女の人が河の中でうつむいて何かをしている。貝でもとっているのだろうかと思ったが、近づくと、そうではなく、女の人は自分の髪の毛を洗っているのであった。ピノッキオは不思議な光景に稲妻のように打たれた。鉛筆を握りしめると、その光景をすらすらと画帳に描いた。それからピノッキオは急に話したくなって、土手の上から女の人に声をかけた。

「こんにちは！　水、冷たくないですか？」

女の人は長い髪を束ねて、振り向いた。

「冷たくないよ。あんた、見かけない人だね。」

子どものようなあどけない顔をした女の人だった。背丈からして十七、八という年ごろに見えた。

「この近くに宿屋はありますか？」

「ここから山を越えたところに一軒あるがね。でもこれからじゃ日が暮れてしまうから道がわからなくなるよ。あたしのところへ来るかい。」

「えっ、……」

ピノッキオは絶句した。あたりは夕闇が迫りかけていた。それにおなかもすいた。どこか適当な宿を見つけてと考えていたのだが、あの山を越えないとだめだと言われると自分の見通しの甘さに今さらながら気づかされた。親切にこの女の人は泊めてやろうと言ってくれる。しかし、「見かけない人」をよく信用して泊めてやろうと言ってくれるもんだ。これはおかしい、何かあるに違いない。ピノッキオは用心してかからなければいけないと我と我が身に言い聞かせた。

「どうだい、来るのかい、来ないのかい？」

女の人はもう土手に上ってきてピノッキオと並んで立っていた。

「はい、お願いします。」

そうしてピノッキオは女の人の後にくっついていった。四、五分も歩くと、大きな家があった。中から年寄りの男が迎えに出てきた。

「お嬢様、お帰りなさいませ。はて、そちらのかたは？」

「旅のかた。これからの山越えは無理だと話してお連れした。」

「ああ、そうでしたか。お嬢様、今後はもうお客様はお連れしないようにお願いいたします。」

年寄りの男は言いにくそうに言った。

「そんなことはわかっている。わたしとて、考えがあってしていることだから……。」

ピノッキオは二人の会話を聞きながら、これには何かわけがあるに違いないと思ったが、それを今ここで問いただすことはできないと考え、沈黙を守った。

やがて部屋に案内された。相部屋で、そこには先客がいた。吟遊詩人のようであり、また、行商人のようであった。しかし、どことなく芸を見せて金を稼ぐ人のように見えた。なぜなら、部屋の片隅にはその男のものと思われるピエロの着るガウンのような服が置いてあったから。その服は赤色と黄色のまじっ

足を棒にして本屋という本屋を歩き回ったそうです。何でもこのご主人は本の虫といっていいほどに本が大好きで、奥さんにこんな本あんな本と注文を出したそうです。奥さんは病人の神経にさわらない軽いものをと考えて、ある日、自分のみつくろった本を持っていったところ、ご主人はこんな本を持ってきやがってと目の前でそれを投げつけたそうです。また、奥さんは新本よりも古本に値が安く面白いものがあることを知ってそれをご主人に告げたところ、お前はおれのためにケチをするつもりだと怒られたそうです。」

「むちゃくちゃですね。」

「そう、全くむちゃくちゃです。」

「それで、奥さんはどうして別れたんですか？　まさか、本のことで……」

「本のことなんかでは別れませんよ。もっとほかのわけがあるんです。」

「と言いますと？」

「このご主人は奥さんを飾り立てる趣味があったのです。自分の見立てた薄青色のドレスを着せ、豪華な靴をはかせ、異国の香水を与えたのです。ですが、奥さんはそれらを内心少しも喜んでいませんでした。」

「それはそうでしょう。」

「ご主人は、奥さんが病院に来るときは必ず仮面をつけて、蛇の刺繍《ししゅう》のあるベルトを締めてくるようにと言ったそうです。また、必ずマルチーズを連れてくるようにと言いました。」

「それで奥さんはどうしたんです？」

「初めは言われたとおりにしていました。表面はさもうれしそうにしていました。」

「ご主人は満足だったでしょうね。」

「そりゃそうです。しかし、奥さんはだんだんいやになったのです。仮面をつけて町を歩くのがいやになったのです。奥さんは町の通りを歩くとき舗道を伏し目がちに、また、人の波に隠れるようにして歩きました。」

「つらかったでしょうね。それからどうしました？」

「奥さんはご主人と別れて、このふるさとの家へ戻ってきました。そして、家業の民宿を継いで、貧しいながらも生き生きと暮らしているのです。」

「ああ、それはよかった。」

ピノッキオは奥さんの、童顔の中に潜む「心の落ち着き」を見ていたから、男の話に納得できた。

「あの人は今、輝いているんですね。」

「そうですよ。あのかたは『見てください、今のわたしを』と体全体で言っているんです。」

ピノッキオはまたここにも一つの人生があることを感じて、心を高ぶらせた。

## 第4章　半殺しと皆殺し

ピノッキオはふと、聞き耳を立てた。奥さんが爺と何やら、相談している。宿の近辺を散歩して家に入ったとき、調理場のところで急に立ち止まった。

「爺や、今晩は半殺しにしようか、それとも、皆殺しにしようか？」

これを聞いてピノッキオは顔が真っ青になった。二人の持つ包丁がきらきら光るのが目に浮かんだ。ピノッキオは二人に気づかれないよう、音を立てずに階段を駆け上がった。

「大変です！」

ピノッキオは部屋に飛び込むと、あわてて男に呼びかけた。男は笛吹きの稽古《けいこ》をしていた。

「どうかしましたか、そんなにあわてて。」

「これがあわてずにいられますか！　わたしたちは今晩殺されます。」

「えっ、どうして？　だれに？」

「あの二人です。」

「奥さんと爺やですか？　冗談でしょう？」

「今わたしが調理場のそばで聞いてきたんです。ウソじゃありません。」

「何て言っていたのです？」

「今晩は半殺しか、それとも皆殺しか、と言っていました。」

「そうですか。そりゃ、大変だ。で、どうします？　これから逃げますか？」

「逃げるったって、今すぐに宿を出るといっても、彼らはなかなか出そうとしないでしょう。せっかくのいいカモなんですから。」

「引き止めるということですか？」

「そうです。彼らはわたしたちを殺して食べてしまうんです。」

「いや、血をたっぷりと吸うドラキュラなのでしょう。恐ろしいやつらです。」

ピノッキオと笛吹き男はこれからの対策を練ることにした。それにしても悔しいのはこの家の人たちを一瞬でも信用したことだとピノッキオは自分の軽率さを深く恥じた。よく考えてみれば、不自然なことは幾つもあった。自分がこの辺に宿屋はないかと尋ねたとき、女はすかさず「わたしの家へ来い」と言った。あれは親切から出た言葉ではなかったのだ。親切をすると見せかけて実はたっぷりと血を吸うための獲物をおびき寄せるためだったのだ。今それがはっきりとわかった。また、家に入るとき、爺が「お嬢様、こういうことはもうこれっきりになさいませ」と言ったのは、さすがの悪人である爺もあまりにも女の悪行に嫌気がさして、ついに諌《いさ》めたのであろう。しかし、いつまでも済んだことを悔しがっていても始まらない。それに時々刻々と時は過ぎていく。さあ、これからどうしよう。

「戦うか、それとも、逃げるか?」

「戦うとしたら、武器を用意しなければなりません。」

「刀もないし、銃もない。」

「彼らはドラキュラですよ。刀も銃も役に立たないでしょう。」

「何で戦えばいいんだ?」

「ニンニクと十字架です。この二つがあれば十分戦えます。」

「今からそれを探しに行くか?」

「ニンニクはわたしが持っています。あなたは十字架をお持ちですね?」

「いや、聖書は持っているが、十字架は持っていない。」

「大きくなくてもいいんですよ。ペンダントになるような小さいものでも十分なんですから。」

もしかするとあそこにあるかもしれないと、ピノッキオは自分の荷物袋の小さなポケットを探してみた。やはり、あった。旅に出るとき、仙女様が「お守りにしなさい」と言って渡してくれたものだった。ありがたいものだ、母の心

た。あちこちの家からたくさんのネズミがとび出してきて、男と猿の後ろにつき従った。男はそれらを町の近くの山へ連れていき、石でできた牢屋のような洞窟にとじこめた。町には一匹のネズミもいなくなった。そこで男は報酬を請求した。市長も住民も男があまりにも簡単にネズミの大群を追い払ったので、約束の金額よりずっと少ない金額でいいと考えてそれを渡した。男は金額を確かめると、約束の十分の一しかなかったので承知せず、約束した金額を払えと言った。だが、市長も住民も拒み続けた。

男は執拗に請求したが、彼らが払おうとしないので最後にこう言った。

「あなた方がどうしても支払わないというのなら、近々、この町に大きな災害が起こることになるだろう。」

ふしぎな予言を残して男は去っていった。それから四日後、山のかなたからおびただしい数のネズミが津波のようになって、この町に押し寄せてきた。伝染病が発生したのはそれから数日後であった。町全体が死滅すると、恐ろしい伝染病の波は国境を越えイタリアにも達したのである。

伝染病の流行が引き金になって、町ではいろんなことが起こっていた。ある家では、父親だけが外出し、そのほかの者は一歩も家を出ないように決めた。父親は家族のために外出し、たくさんの食料品を買い集めた。そして、母親、子どもたち、家政婦はじっと家の中でカタツムリのように待っていた。

また、このようなとき、盗賊になる者も多かった。警備員や看護師になりすまして、その場におもむき、すきを見て盗みを働くのである。ある洋品店では、二人連れの婦人が商品の帽子や服を堂々と盗んでいった。警察の手が足りなくて全くの野放し状態であったし、また、一般の市民も伝染病の怖さに心を奪われていて、それどころではなかったのである。盗まれ損というより、どうぞ勝手に持っていけといわんばかりの無警備状態であった。

初めは伝染病が怖くてじっと家の中に閉じこもっていた市民たちが、そのうち、閉じこもり状態に我慢ができず、やけになって外へ出てくるようになった。もちろん、一部であるが、ある者は通りで大声を出してどなったり、ある者は歌をうたいだしたり、またある者は楽器を演奏したりした。そのような大げさなことのできない人々は、「この店は伝染病の予防は万全です」という張り紙のある酒場に出かけていって、正体不明になるほど酒を飲み、周りの人と大騒ぎした。笛吹き男はそういう酒場へ呼ばれていったのである。

ピノッキオは、笛吹き男が宿に戻ってこないので、いったいどうしたのだろうと心配した。笛吹き男から外出は危険であると知らされていたが、ピノッキオはこれはもしかしたらすばらしい経験ができるチャンスかもしれないと思い、観察かたがた外に出ることにした。もちろん、帰ってこない笛吹き男を探すためというのが表向きの理由であったが、一度、町のパニックというものをこの目で確かめたいとする好奇心が強く頭を持ち上げていたのである。

ピノッキオは、最も危険だといわれる教会墓地に向けて歩き出した。日は沈みかけていて、暗闇が少しずつ迫っていた。魚や動物の肉の腐ったにおいがして、吐き気を催した。不気味な空気が漂っていた。たくさんのカラスの群れが空中に舞い、気持ちの悪い鳴き声を立てていた。ピノッキオは思わずブルブルと身震いした。こんなんじゃ来るんじゃなかったと激しく後悔した。引き返すのもあり、と宿へ向かって帰ろうとしたとき、車の近づく音がした。

トラックのような大きな車が次から次へとやってきた。それぞれの車の運転手は死体を墓穴の方へ運んでいった。そして、穴の中へ次々と投げ込んだ。またたく間に死体の山ができた。ピノッキオは運転手が車の中から死体を取り出すとき、衣服がはがれて肌の露出した死体が多いのに気がついた。とそのとき、見覚えのある衣服にピノッキオの目は釘付けになった。

それは長いガウンのような衣服で、半分は赤色、半分は黄色という派手な色彩であったから、夜目にもはっきりと捉えられたのである。また、笛吹き男の第一の特徴である筒状の長帽子もピノッキオの目にはっきりと捉えられた。こりゃ大変だと、ピノッキオは思わず叫びそうになった。しかし今ここで大声をあげたら、運転手に捕まえられ、不審者として警察に連れていかれる。それはまずい。少しようすを見て、それから近づくことにしよう。そう考えてピノッ

キオは墓場のそばの大きな樫《かし》の木の陰に身を隠した。

やがて運転手たちは仕事を終えて帰っていった。

「おーい、助けてくれ！」

笛吹き男の哀れな声が墓場じゅうに響いている。しかし、誰もそこへ駆け寄るものはいなかった。先ほど、笛吹き男は一度叫び声をあげたのであるが、それはたくさんの車のエンジンの音でかき消されてしまった。運転手たちは笛吹き男の叫び声、それは断末魔の声といってもいいような苦しみに満ちたものであったが、それには気づかずに車を発車させ、無情にも墓場を出ていったのである。

「なるほど。自分のやっていることを、冷静に見つめるもう一人の自分ですね。」

「そうだ。簡単に言えば、そういうことになるね。」

それから、ピノッキオは笛吹き男に頼んで、先ほどの詩を自分のノートに書いてもらった。何度も文字を追って読んでいるうちに、いくらかわかるようになった。

「先ほどのあなたの詩は、自分のことを書いただけでなく、それを見つめているもう一人の自分を登場させ、そのもう一人の自分から見られた『自分』も書いているんですね。」

「まあ、そういうことになるのかな。」

ピノッキオは自分も詩を作ってみようと思った。もしかしたら自分にも詩が書けるかもしれない。しかし、笛吹き男のように言葉が次から次へと湧《わ》いてこない。書いてみたい、書けるかもしれないというところまで来たピノッキオであるが、そこから先へは一歩も進めなかった。

「詩を書けるようになったら、あの伝染病におびえる町のようすも書けるでしょうか?」

「いや、それは無理だね。」

笛吹き男はそっけなく答えた。

「どうしてです?」

「詩は歌い上げるものだよ。ルポを書くには、また、別の勉強をしなくちゃ。」

「ルポって何ですか?」

「ルポルタージュ、報道記事のことだよ。君は、新聞を知っているだろう。新聞に載るような文章の練習をすれば、伝染病におびえる町のようすは書けるよ。」

「そうですか。ぼくは詩よりも報道記事のほうを書いてみたいなあ。」

「まあ、夢を持ってやってごらん。」

　やがて二人は宿屋の入り口に到着した。門のところで宿の主人が心配そうな顔で二人に声をかけた。

「はやく家の中へ入ってください。」

「すみません。遅くなって。ところで、どうかしましたか?」

　笛吹き男は宿の主人の顔色をすばやく読み取って、こう言った。

「変なニュースが広まって、みんな困っているんです。」

「といいますと、……」

「いや、おかしなやつがいましてね。伝染病にかかり、今にも死にそうだった男がですよ、そいつが夜中に街じゅうを走り回り、河へ飛び込んだんですよ。するど、どうですか、病気がすっかり治ったというんです。このニュースがあちこちに伝わると、方々の家から夜中に患者が飛び出して街じゅうを走り回り、最後は河へ飛び込むんです。みんながみんな病気が治るってわけでもないんですがね。ばかなやつらですよ。かえって伝染病の病原菌を街じゅうにまき散らすことになるんですがね。あなたがたもその被害にあわないかと心配で、こうしてずっと通りを見ていたんです。」

「それはご苦労さまでした。ありがたいことにわたしたちは何の被害にもあいませんでした。それでは夜も遅いのでこれで失礼します。」

そう言うと笛吹き男は先に立って階段を駆け上がった。ピノッキオもその後を追いかけた。はやく伝染病の勢いが弱まりますように、とピノッキオは心から祈った。

笛吹き男とピノッキオが、それからどうしたか？　それはまた、別の話。この次、語ることにしよう。

# 第6章　ジェッペットと仙女の対話（その一）

ピノッキオが留守の間、ジェッペットと仙女は次のような話をした。

春のある日、あまりにもよい天気なので、二人は近くの川のほとりに行き、傍らのベンチに腰掛けた。木々の枝では小鳥たちがさえずり、今ようやく咲き始めた花のつぼみをまさに口に含まんとするかのように勢いがよかった。それもそのはず、今年の冬はことのほか寒気が厳しく、小動物には暮らしにくい冬であったから。薄い桃色の花を誇らしげに咲かせるこの木々は今はつぼみを天の空に向けて、自分の出番を今か今かと待っている。

二人は暖かい春の日差しを受けて、次のような話をした。

「ピノッキオは今ごろ、どこにいるのでしょうね？」

「たぶん、ボローニャあたりではないかのう。」

「ここシエナを出てもうずいぶんたちますが、まだそのあたりなのでしょうか。いつ、トリノに着くのでしょうか。」

「さあ、それはわからんぞ。お前さんなら、魔法でわかるのではないかのう。」

「いえ、わたしでもわかりません。ピノッキオは家を出るとき、まずトリノへ行って、それからミラノへ、ミラノからヴェネツィアへ回るんだと言っていました。」

「それなら心配せんでもよかろうが……。相変わらず甘いのう。」

「そうでしょうか。私はあの子を見ているうちに、つい自分の子のように思って心配になるのです。」

「それはありがたいのう。あの子はそれを聞いてどれほどうれしいことか。ところでお前さん、あの子のほかに自分の子はいないのかのう？」

「いません。」

「仙女は結婚するのかのう？」

「結婚はしません。ただ、自分が愛情をかけたいと思う子どもはあります。」

「それは自分の腹を痛めた子という意味かな？」

「さあ、それはどうでしょうか？　私は妊娠したことがありませんから、よくわからないのです。しかし、自分のおなかの中で育てた子であるかないかに関係なく、その子をいとしく思うのです。」

「なるほど。わしとて、同じことじゃ。自分の血はつながっていないが、あの子のことが気になるのじゃ。あの子は木から生まれ、そして人間になった。人

「私は幼い昔、男の子たちと人形の家を作って遊んだことがあります。それぞれお父さん役、お母さん役、子ども役などと割り振って仲良く遊んだのですが、途中からどういうわけか私はある一つの人形に執着しだしたのです。くるみ割り人形の兵隊さんのような人形でした。それを初めはある男の子が手にしていました。遠くから見ていた私はそれを自分のものにしたいと思いました。そして、それを彼の許可を得ることなく奪い取ったのです。その子は抗議し、怒りました。しかし、私は平気でいました。そのうち、男の子たちの代表が私のところへやってきて、こう言いました。『君と彼とよく話し合ってほしいんだ。彼はどうして人形が君の手に渡らなければならないのか合点が行かないと言っている。』私は言いました。『私がこれをほしいと感じたから私のものにしたのよ。私の気持ちに正直に従っただけよ。いったい、何が悪いの。』代表の男の子はすごすごと引き下がっていきました。そして、彼は私の母を連れてきたのです。母が子ども部屋に入ってきたとき、私は部屋の向こう側の隅に立っていました。男の子たちやほかの女の子は部屋の入り口に集まっていました。私は手に兵隊さんの人形を持ち、それを振り上げてお母さんでも誰でも私に近づいてきたらそれでぶってやるという構えを見せました。母は『それを投げてみなさい。そんなことでお母さんはびくともしませんよ。』と強く言いました。私は母のきっぱりした表情に打たれてしまい、人形を床に落とすと同時に母に突進しました。そして、母の足を蹴ったり腕を引っかいたりしました。私としては自分の前に立ちはだかったとてつもない大きな障害物に立ち向かっているようでした。自分の欲望を通すために目の前の障害物はどうしても倒さなければならない、そう思っていました。母はこう言いました。『あなたが蹴ったり引っかいたりしたら、お母さんはそのたびに打ちますよ。』母はそう言って、そのとおり実行しました。まもなく私はこの大きな障害物に立ち向かうことをあきらめて部屋の外へ走り出ました。それから大きな欅《けやき》の木の下に腰を下ろしていろいろと考えました。自分の思うように何でもなるというこれまでの考えは間違っていたのかもしれないと気づきました。その夜、私は母の前に出ていって、『ごめんなさい。私が間違っていました。』とあやまりました。母はほほえんで、『明日、彼と、あなたに抗議した代表の人とにあやまりに行きましょう。』と言いました。そして、私たちは仲直りをしたのです。」

「お母さんのように強い人がすでにあなたの友達の中にいたらよかったのでしょうなあ。でも、それがいなかった。そこでお母さんがあなたの傲慢《ごうまん》を切ったのですなあ。あなたはある子どもの自由と権利を、自分の欲望実現のため侵害した。自分の欲望のために他人を打ち負かしていく、そのような行為は褒《ほ》められたものではありませんなあ。ところで、あなたはお母さんから注意されたとき、お母さんを愛していましたか。」ジェッペットはたずねた。

「いえ、憎んでいました。最初、母が私の前に巨男《おおおとこ》のように立ちはだかったとき、なぜ母に従わなければならないのかわかりませんでした。私は家庭において全能の神のような存在である母に対して、心の奥底で反発していました。そして、父が家からいなくなったのも母のせいだと考えていました。母が家の中で絶対者の位置にあることがどうしても納得できませんでした。だから、もし

かすると私がわがままを通そうとしたのもそうした母への反抗の現れだったのかもしれません。どこかでわがままを振る舞い、そのことで母の怒りを呼び出そうとしたのかもしれません。」

「ところが、あなたのお母さんはその呼び出しにのらなかった。命令したり説教したりしなかった。」

「はい。肩すかしを食らったような感じでした。母がそのような行動をとれば、私のとったわがままな行動は意味があった、手ごたえ十分というわけです。母の威厳、権威に対して痛棒を食らわしたわけですから。しかし、母は平然としていました。」

「平然としていた？　それはどういうことですか？　あなたの反抗など、痛くもかゆくもないということですか？」

「いや、そうではなく、はっきりと『あなたが間違っている』と私の非を態度で指摘したことです。これには降参してしまいました。そして不思議なことに、それまでの憎しみに変わり、愛の心が芽生えてきたのです。」

「もう少し詳しく説明してくれませんかね。」

「自分の怒りを当事者である母にぶつけないで、関係のない他人や物にぶつける。そのことで怒りを解消することの卑劣さに気づいたわけです。不満があれば当事者である母にぶつければよかったわけです。それをしないで兵隊さんの人形を持つ男の子や、男の子たちの代表者にぶつけようとしていたわけです。そのことの非を、命令や説教でなく平然とした態度で教えてくれたのです。母は自分の威厳が傷つけられたからそのような態度をとったのでなく、私の態度や考えを改めさせようとしてそのような態度をとったのだと気づきました。そして、それは私への愛からきている。」

「なるほど。実に深いとこでお母さんの、あなたへの愛の心を感じたのですね。」

「そうです。それから、私は母を以前とは違った目で見るようになりました。」

「この出来事の後、お母さんはあなたに何か言いましたか？」

「はい。母はこんなことを言いました。『あなたがこれまで私を見る眼、顔つき、私に対する態度で、どうもよくわからないところがあった。でも、それが今度のことでよくわかったわ。あなたは私に表面的な愛の心ばかりを見せていて、一方にある憎む心を押し殺してきたのよ。その憎む心が今度のことで浮かび上がって姿を見せたから、安心して愛の心がうわべのウソをそぎ落として曇りなく輝いてきたのね。』これを聞いてそのとおりだと思いました。」

ジェッペットは仙女にも仙女なりの悩みがあったのだとわかり、彼女に対する親しみの気持ちがいっそう強くなった。

「ここでは説明しにくいので、その絵の前に行きませんか。」

それから二人はルイニの絵「バラ生垣の前のマドンナ」の前に移動した。

「マドンナの表情が何とも言えず、楚々《そそ》としているからです。」

「『楚々としている』とは?」

「うつむきかげんで美しいということです。」

「そこにはマドンナの感情が表れ出ているというのですね。」

「まあ、そうですね。それに正面を向いている赤ん坊の眼が怖《こわ》いくらいに大人みたいです。」

「それは不自然な子どもの表情という意味ですか?」

「まあ、そうです。」

「ところで、この絵のマドンナが貧乏なユダヤ人の女に見えますか?」

「そんなに貧しいとは見えません。しかし、また、女王のように裕福で気高く見えるというわけでもありません。」

「ロレンツエッティの『マドンナと子ども』と比べて、どうでしょうか?」

「ロレンツエッティの絵ではマドンナは横向きになっていて子どもを見ています。ロレンツエッティのマドンナは身にまとっている衣服からするとそうとう裕福で気高い人です。」

「子どもの描き方はどうでしょうか?」

「ロレンツエッティの絵の子どもは、ルイニの絵の子どもと同様、やはり横向きになっていてマドンナの方を向いていています。しかし、子どもの視線はうつろでマドンナの眼としっかり向き合ってはいません。」

「それは絵としての欠点だと考えますか？」

「いや、そうは考えません。欠点とも長所とも言えません。」

「『バラ生垣』の絵でもマドンナの視線と子どもの視線は向き合っていませんよね。ただ、君の言うように『バラ生垣』の絵では子どもが正面を向いていいます。ということは、正面を向いている子どもがこの絵を見る人と向き合うことになります。それは画家が子どもを強く画面に押し出しているということです。それに比べると『マドンナと子ども』は、マドンナと子どものどちらも正面を向いていませんが、マドンナの大きな姿からして画家はマドンナを強く押し出しているようです。」

「すると、『マドンナと子ども』ではマドンナそのものの気高さや裕福さがクローズ・アップされるということでしょうか？」

「そのとおりです。それに対して『バラ生垣』のマドンナは姿こそ大きいが、子どもの背後にいて子どもを穏やかなまなざしで見下ろしています。そして、そのマドンナの背後にさらにバラの生垣が描かれています。」

「『バラ生垣』のマドンナは貧しすぎるというのでもなく、また、裕福すぎるというのでもなく、まさに一般庶民に近い、そのように見えるというわけですね。」

「そうです。」

「僕には『バラ生垣』の赤ん坊が怖《こわ》いくらい大人の表情をしているように見えたのですが、これには何かわけがあるんでしょうか？」

「それはたぶん画家がキリストの赤ん坊時代を想像して作り上げたからではないでしょうか？　目鼻立ちの整った、このような完成された子どもが現実に存在するでしょうか？　私も不自然だと思います。こういったことはこの種の絵にはよくあることです。聖母（マドンナ）とその子ども（キリスト）を美化する傾向が発生したのは画家が、絵を見る人のことを考えたからでしょう。」

「どういうことですか？」

「聖母（マドンナ）を世間から見放された貧乏なユダヤ人女、質素な暮らしをしている大工のおかみさんというふうにもし描いたとしたら、見る人はどんな反応を示すでしょうか？　また、子ども（キリスト）をそんじょそこらでよく見かける鼻たらし小僧のような子どもとして描いたら、見る人はどんな反応を示すでしょうか？」

「おそらく人々は絵の前で頭を下げることをしないでしょう。」

「そのとおりです。ところで君は、絵というものは対象物を忠実に写すことだと考えますか？」

れはあなたのうちに湧いてくる色の記憶とつながったからでしょうか?」

「そうかもしれません。君は、私が絵の色にひかれるのを『目立つものにひかれる』と言ったけれど、それは私の過去の記憶に何かつながっているからひかれるのでしょう。」

「ぼくは絵を見ると、すぐに形にひかれるようです。構図が気になるんです。」

「それにデテール(*細部)も、でしょう。写生を重視する人なら、当然そうなるでしょう。」

それから、ピノッキオはこの男がどんなふうにして絵を描くのか見たくなった。そこで、あつかましいとは思ったが、あえて言ってみた。男は嫌という顔を見せず、うなずいた。

男はスケッチブックを手に取ると、まず、松の木を一本描き始め、それから牛を描き出し、そのそばに草を刈る農夫を描いた。そして、画面の右上に川を描いた。絵は一時間ほどででき上がった。ピノッキオはこのような描き方に驚いた。

「どうして、全体の構図を決めてから描かないのですか?」

「まず、心に浮かんでくるもの、興味のあるものから描きました。そういう点で私は部分主義です。全体主義ではありません。」

「ふつう、絵を描くのは全体を決めてからですよね。」

「はい、そうです。先生から教わったのもそのようなやり方でした。でも、私はそれに従いませんでした。先生から何度も注意されました。お前のようなやり方をしていると物が紙の中に収まりきらない、と。」

「と言いますと……?」

「例えば牛を描くとしますと、まず頭をていねいに描きあげ、次に胴体、それから尾っぽ、足と移っていきます。すると、一枚の紙に収まらなくなるのです。また、牛の足が胴体に比べてとても細く、これでは足が胴体を支えきれないだろう、などと言われました。」

「それでも、あなたはその描き方を改めなかった。」

「そうです。先生はさじを投げ、もうお前の勝手にしろ、と言いました。」

「それから、どうしました?」

「それから、自分でいろんな絵を見て勉強しました。東洋の絵を見たとき、私のやり方に近いのではないかというものを見つけました。」

「それは、どんな絵ですか?」

「もう詳しくは覚えていませんが、たしか東方のカタイやマンジ(*二つ合わせて今の中国に当たる)の画家の絵で、恐《おそ》ろしく勢いのある馬を描いたものです。それは全体への目配りを持ちながらも、明らかに部分から描き始めたと思われる絵でした。というのは、この絵には単なる写生からは得られぬ画家自身の強い記憶が生きていると感じさせられたからです。その馬の絵は、走っている馬の絵ですよ、それは実物を今見て描いているというような感じではなく、画家がその昔、少年のころに見、そして、触れ、そのにおいをかいだ馬の記憶が今まざまざとよみがえって、もうどんどん描いていってでき上がったという感じでした。私はその絵の前に立って、ああ、こんな絵が描きたいと思ったものです。」

「その絵はどこの画廊で見たのですか。」

「パリの画廊で見ました。」

「今も見ることができますか?」

「いや、無理でしょう。各地を巡回するようでしたから。今も世界のどこかを回っているか、それとも、カタイやマンジに戻ってどこかの画廊に飾られているか、……。」

「ぜひ見たいですね、その絵を。」

「いつか、東方に行かれたらどうですか?」

「行けますかね?」

「行けますとも、いつかきっと。応援しますよ。」

「ありがとうございます。」

それから二人は外に出た。食事をするためである。

## 第9章　ミラノの幼児院

画家の男と食事をすました後、ピノッキオは男と一緒に町の通りを散歩していた。

するると、後ろからがたがたと音がして荷車か何かがやってくる気配を感じた。その車は誰かを乗せていて、しかもそんなに急いでいるふうではなかった。夕暮れのうす暗がりの中でよく見ると、その荷車は若い女を乗せていた。女は後ろ向きになって座り、何か重そうなものを首に下げてうつむいていた。

「あの人は、どうしたんだろう?」

「あの女は罪を犯したんです。」

画家の男が答えた。

「いったい、何をしたんです?」

「自分の子どもを殺したんでしょう。」

「えっ?」

「よくあることです。この前にもあんなふうにして運ばれていく女を見ましたから。」

「なぜ母親が自分の子どもを殺すのですか？」

「それはいろんな事情があるからでしょう。この前の女は自分の産んだ子どもを捨子養育院（ブレフォトロフィロ）に捨てられず川に投げ捨てたんです。そしたら、その死体が見つかって女はすぐに逮捕されました。」

「女は何か子どもを殺さねばならぬわけがあったのですか？」

「詳しいことはわかりません。町の人のうわさでは、女は結婚の約束をした男に逃げられたようです。そのうちおなかが大きくなって妊娠したとわかり、出産したのです。」

「女の親は助けてくれなかったのですか？」

「親には相談したようです。でも親はたよりにならず、捨子養育院の前でうろうろしていたようです。結局、そこへ入れずに自分の手で殺してしまったのです。」

「かわいそうなことをしましたね。殺された子どももかわいそうだが、その女もかわいそうですね。」

こんな話をしているうちに、荷車の姿は遠くなり、やがて二人の視界から消えていった。そして二人は歩き出し、いつの間にか、この前の画廊のそばに来

人、画家のところへやってきた。画家は彼ら一人ひとりを抱き上げてその頬にキスをした。すると、また、あちらこちらから抱かれようとして子どもたちが集まってきた。中にはゆで卵の黄身を口につけたり、みかんの房を口にくわえたりしている子もいる。夜食のデザートの残りを食べてきたらしい。

「おやおや、お召物が汚れてしまいますよ。気をつけてください。」

先生がそうおっしゃった。

「大丈夫ですよ。絵の具で慣れていますから。」

画家は平気だった。

画家と子どもたちのそんなやり取りを見ているうちに、ピノッキオは後ろから背に上ってくる子どもの体温を感じた。その子どもは山か岩によじ登るようにして彼の背中にぴったりとくっついて離れない。まるで岩にはい登る蟹《かに》である。

時間はどんどん過ぎていく。名残《なごり》は尽きないが、ついに画家は中庭に逃げ出した。ピノッキオも蟹が飛び降りた瞬間、後に続いた。

「さようなら、さようなら。また、来てね。また、明日おいで。」

子どもたちはそう言って、小さな手を振っている。

二人は町の大通りに出た。それから街燈に照らして、お互いの姿を見合った。そして、笑いころげた。ころげるまえから上着もズボンも汚れ、しわくちゃになっていた。二人の耳に、いつまでも快い鳥のさえずりがこだましていた。

「さようなら、さようなら。また、来てね。また、明日おいで。」

ピノッキオはかつて自分が腕白小僧であったときのことを思い出した。あれは遠い昔、自分がまだ生まれて間もないころのことだった。ジェッペットに歩くことを教えてもらっているとき、急に心がうきうきしてきた。部屋の中で駆け出すと、もうとまらない、ついに外へ飛び出した。あのときのソーカイな気分！　舗道を蹴るようにして走った。うしろでジェッペットの「つかまえてくれ。」という声がした。ぼくは愉快でたまらなかった。まるで競争馬のように、また、野ウサギのように駆けた。町の人々は腹をかかえて笑った。どんどん駆けていくと、背の高いおまわりさんが道の真ん中に大木のように突っ立っていた。ぼくはおまわりさんの股《また》が広がっているのに目をとめた。よし、そこをくぐってやれ！　そう自分に命令し、おまわりさんの両足の間に突進した。すると彼は股をぎゅっと閉じ、まるで仕掛けの中に入った馬をつかまえるようにして、ぼくの鼻をつかんだ。ああ、万事休す！　それから、ぼくはジェッペットに手渡された。ジェッペットはぼくの襟首をつかんで、こう言った。「いいか、ピノッキオ！　家へ帰ったらひどいおしおきをしてやるぞ。」それを聞くと、ぼくは引っくり返ったり地べたにねころんだりして、そこを動こうとしなかった。ああ、あのころがなつかしい。

# 第10章　火食い親方、現る

画家の男は朝食の後で、こう言った。

「これから私は故郷のヴェネツィアに行きます。そこには九六歳になる母が住んでいます。とても変わった母です。もしよろしかったら、君もヴェネツィアに行きませんか。」

ピノッキオは母と聞いてシエナの仙女様を想い浮かべた。仙女様は今ごろどうしているだろうか、それにジェッペットも……。今は彼らから遠く離れてしまったが、心の底ではいつも彼らのことを想い続けていた。そうだ！　彼らに手紙を書こう。でも、今は書いている暇《ひま》がない。そのうち、きっと書く。

「行きましょう、あなたのお母上にも会いたいから。」

そんなわけでピノッキオは画家と共にヴェネツィアに向かった。

歩いて峠まで行ったところで夜になった。二人は野宿することになった。画家はどんどん火をたきながら、肉を焼く準備をした。地面に大きな剣のような串を立てて、子羊の肉を焼いた。画家は酒を飲みながら、「おいしい、おいしい」と言いながら食べ、ついに眠ってしまった。

ピノッキオは焚《た》き火の明かりで手紙を書き始めた。「親愛なる、わが母上様、父上様。たいへん長らくご無沙汰《ぶさた》いたしました。その後、お二人にはお変わりございませんか。わたくしは今、……」と書いたところで、不意に風が吹いてきて焚き火の火はゆらゆらと、あおられた。あたりはぼんやりとした幻に包まれ、茶色の木々の奥からは長くたらしたあごひげの男が現れた。

「やあ、小僧、久しぶりだなあ！」

「あっ、火食い親方！」

それは操り人形芝居一座の親方で、初めは怖い親方でピノッキオは火にくべられるところであったが、後にはどういうわけか涙もろくなって助けられ、その上ご褒美《ほうび》として金貨五枚までくれたのだ。

「その節はありがとうございました。」

「いやいや、そんなことはもう……。ところで、おやじさんに孝行しているか？」

孝行という言葉を聞いてピノッキオはびっくりした。火食い親方からもらった金貨五枚はどうしたっけ？　一枚は「赤エビ亭」での食事代で消えたし、四枚は悪者の狐と猫にそそのかされ「不思議野《ふしぎの》」に埋めにいったんだ。そして、そのまま彼らに盗《と》られてしまったんだ。裁判所に訴えたが、盗まれたお前が悪いんだと言われ、牢屋《ろうや》にぶち込まれた。さんざんだったな。でも、その後まじめに働いて親孝行をいくらかはした。しかし、また、こうやって旅に出て自分のしたいことをしている。ジェッペットの世話も仙女様に任せっぱなしだ。孝行しているか?と問われると苦しいところがある。」

「父はおかげさまで元気にやっております。わたしは今、こうやって旅をしているものですから、親孝行も、まあぼちぼち、それなりに、といったところです。」

「そうか、それを聞いて安心した。」

「ところで親方、あなたはなぜ、それほど親孝行にこだわるのですか?」

ピノッキオは以前から、火食い親方は不思議な人だと思っていた。この人は豪放磊落《ごうほうらいらく》で、しかも小事末節にかかわらない野人、そして常に攻撃的な態度で相手に迫る粗野な人。しかし、その親方がくしゃみを始めると人が変わったようにおとなしくなり、相手に対して優しくなる。この変化がどうも理解できなかった。一人の人間の中に二人の人間が住んでいるかのようであった。

「それを話すと長くなる。」

「長くなってもかまいません。どうか話してください。」

「それでは話すとしよう。それはある女性と出会ったからだ。名はパメラとい

「伯父の家から我輩に手紙が来て、お屋敷のご主人に借金を頼んでくれという。そこで我輩は若主人に頼んでみた。たったの金貨五枚だ。それでも伯父には大金で、それがないと年が越せないという。当時、我輩の給金が半年で金貨一枚だった。お屋敷の若主人にしてみれば大した金額ではなかったが、我輩や伯父にしてみれば相当な金額に違いなかった。そうそう、それはクリスマスのころだった。クリスマスの翌日の二十六日に、高利貸しのロックに金貨五枚を返さないと家を取られてしまうというのだ。年が明けたら一家で住むところがなくなってしまう。何とかしてくれというのだ。そこで我輩は自分の給金の前借りを願い出て、何とか貸してくださいと頼んだ。二年半の給金を前借りしたいと申し出たのだ。しかし、若主人はうんとは言わなかった。それで我輩はついに盗みをするしかないと思うようになった。」

「えっ、そんなことを！　いったい、どこで？」

「むろん、このお屋敷で！」

「で、どんなふうにして？」

「いろいろと機会を探していた。悪いことだとは知りながらも、これをやらなければ恩人の伯父夫婦にすまないと思うようになった。だって、伯父夫婦は俺の親みたいな人だったからだ。罪人として牢屋に送られることも覚悟した。今でもよく憶えているが、あれは霙《みぞれ》まじりの冷たい雨の降る十二月二十六日の朝

だった。伯父の子のトムがお屋敷にやってきた。トムは自分の格好《かっこう》があまりにもみすぼらしいので俺に迷惑をかけるのではと気をつかい、勝手口から恐る恐る家の中をのぞきこんだ。すると、ちょうどそのとき、パメラが台所で朝食の準備をしていた。パメラはトムとしばらく話をしたそうだが、どんなことを話したのか詳しいことはわからない。それからパメラにつき従ってトムが俺のところへやってきた。トムは『おじさん、お父さんから言われてきたのですが、約束のものはもらっていかれますか?』と言う。『まあ、ちょっと待っていて

くれ。』と俺はトムを部屋に待たせておいて、廊下へ出た。若主人はいつもの夜更《よふ》かしで寝室から出てこないし、家政婦はまだ出勤してこない。召使の女たちは台所で朝食の準備に大わらわだ。そこで俺はこの前の地代の集金のありかを思い出した。それに若主人のもとに集められた貸家の賃貸料だ。若主人はそれらを銀行で金貨に換え、書斎の引き出しにしまったのを俺は見ていた。急いで書斎に入り引き出しから金貨五枚をつかみ、階段を駆け下りて、待っていたトムにそれを渡して家に帰した。さあ、これからが大変だ。俺は盗みをしたのだから、もうこの屋敷にはいられない。それに罪を犯したのだから牢屋に入れられる。だが俺は逃げたりしない。はっきりとこのことを若主人に申し上げ、刑罰に服する、その覚悟をした。やがて、若主人が起きてきた。俺はまともに顔が見られない。苦しい、つらかった。朝食は喉《のど》を通らなかった。このことはいつかは明らかになる。大恩を受けた亡き奥方様のことを考えると、とても苦しい。大恩を受けたご主人のお屋敷で、恩を仇《あだ》で返すようなことをしでかしたからだ。若主人が一人で書斎に入られたのを見て、俺は後を追った。『何事か?』と若主人はけげんな顔をした。『実はわたくし、とんでもないことをしでかしてしまいました。』と、事の一部始終を若主人に申し上げた。若主人は黙って聞いていた。そして、こう言った。『そういうことをした以上、お前はもうここに置いておくわけにいかない。』『牢屋にでも何でも、仰せのとおりに従います。』それから、若主人は書斎の引き出しを開け、お金を数え始めた。そして、『ややっ?』と妙な声を発した。『ある、確かにある。変だ! おかしい! いったい、どういうわけだ?』と独り言を言った。引き出しには金貨が二十枚あった。それは若主人が銀行から運んできた金貨のすべてだった。俺が盗む前のままであったのだ。俺はその中から五枚を盗《と》ったのだから、残りは十五枚のはずである。狐にでもだまされたような不思議な気持ちがした。若主人が言った、『お前は俺に妙な冗談を言ったのだな。けしからんぞ! 主人をからかうにもほどがある!』そんなお小言を頂戴《ちょうだい》した。しかし、お小言だけで俺は許された。クリスマスというありがたい祭事の続きの気分が残っていたためか、若主人はいつになく寛大だった。つまり、特別に赦免《しゃめん》されたというわけだ。だが、どうしても俺は腑《ふ》に落ちなかった。不思議でならなかったのだ。確かに俺は金貨五枚を盗んだのだ。それがちゃんと元に戻っていたというのは、いったい、どういうわけなんだろう。」

「それはパメラ嬢が埋め合わせをしたんでは?」

「俺もそう思ってパメラに聞いてみた。しかし、パメラは眼をパチクリさせるだけで何も知らないというのだ。」

「それから、パメラ嬢はどうなったのですか? また、親方はどうしたのですか?」

マリオは体を起こして、じっと母を見た。そしてまた、激しく泣き出した。そのとき母は、やっとマリオの方に眼を向け、しげしげと見つめ、どうやらわかったようだった。だが、唇は動かなかった。かわいそうな、お母様、いったい、何という変わりようなのだ、マリオにはこれが自分の母だとは思えなかった。髪の毛は白く、顔はつやを失い、皮膚は土のようにくすんでいた。眼は小さくなり、唇は赤みを失い、顔つきがすっかり変わっていた。ただ、広い額と、弓形をした眉毛が、どうにか似ているだけだった。母は息をするのも苦しそうだった。

「お母様、お母様！」と、マリオは呼んだ。母はマリオをじいっと見つめてから、眼を閉じた。マリオはこのまま母が眼を開けなくなるのではと不安にかられた。

「しっかりしてください、お坊ちゃま。奥様は、お眠りになられたいだけですから。」

アドリアーナは、そっけなく言った。

「お母様は、どこが悪いのだ？」

「お医者様のお話では、奥様はどこもお悪くはないそうです。ただ、……」

「ただ、何だ？」

「ただ、ずいぶんお年を召していらっしゃいますから、体は枯れ木のようで、また、お命は海の潮が引くように、だということでございます。」

「何とかしてお母様を元のようにお元気にさせてあげる方法はないものか？」

「お医者様のお話では、それはないわけではございませんが、なにしろご本人がそれをお望みでないというのであれば、……」

「お母様、ああ、何ということを！」

マリオは自分の頭を抱え込んだ。悲しい思いに沈みながら、元気だった母のことをあれこれ思い出しているふうだった。

ピノッキオはマリオを部屋に残して、ひとりで養老院の外に出た。ジュデッカの島が遠くに見える。目の前には運河がある。一そうの舟が黒いものを乗せて目の前を通り過ぎようとした。それはよく見ると黒い覆《おお》いをかけた柩《ひつぎ》だった。そして、柩の花束にはリボンがつけられ、そのリボンが風にひらひらと揺れていた。

# 第12章　シエナに帰ったピノッキオ

ピノッキオはマリオの母上の館にしばらく滞在した。ある日のこと、アドリアーナから一通の手紙を渡された。シエナのジェッペットからだった。もう、ぼくの手紙が届いたのか、速いものだなとびっくりした。さっそくジェッペットからの手紙を読んだ。

親愛なるピノッキオ

旅先からのお便りをありがとう。うれしく思います。飛脚屋さんに待ってもらっているので、そんなに長い手紙は書けません。お許しください。お元気そうでなによりです。たくさんのよい人たちと出会えてよかったね。ところで、あれから仙女さんといろいろ話をしたが、いちばん驚いたのはあの人の生い立ちのことだった。あの人はダンサーのお母上と竪琴引きのお父上の子として生まれたという、それから、お父上のことをよく知らないそうだ。

なにしろ、小さいときにお父上は家出をされたから。それからお母上はあの人を一人で育てたそうだ。妖精の世界のことはよくわからんが、あの人はお母上から厳しくしつけられたようだ。まあともかく、われわれは元気に暮らしている。お前も体に気をつけて。それでは、さようなら。

ピノッキオはジェッペットからの手紙を読み終えると、なつかしさがこみ上げてきた。彼らに会いたくなった。それにしても、ピノッキオは驚いた。仙女様の生い立ちのことを少し知ったからである。仙女様にお母さんやお父さんのいたことが驚きだった。ぼくにはお父さんやお母さんはいるのだろうか。そりゃ、ジェッペットはお父さんのようだし、いや、お父さん以上の大事な人だし、仙女様はお母さん以上の大事な人だと思うけれど、ぼくを生んでくれたお母さんはどんな人だったのだろうか、それが知りたい。そもそも、ぼくはいったいどこから出てきたのか。ピノッキオは考えれば考えるほど、ゆううつな気分に落ちていった。そして、いつの間にか眠ってしまった。

マリオは今しばらく、ヴェネツィアに留まることになった。母上の館は半年後に町の管理下におかれることになった。それまではマリオはこの館に住み、母の暮らす養老院に通うのだそうだ。その後は、……と聞くと、その後はジェノヴァに行くと答えた。母上のことは、……と聞くと、アドリアーナに任せる、と言う。それでは少し責任が軽すぎるのでは、……と言うと、僕だってやりたいことがある、お母様のそばにずっとついているわけにはいかないのだ、と答えた。母上はあんなに衰弱していたではないか、半年後にジェノヴァに行くなどと言わずに、ずっと母上のそばにいてやれないの？と言うと、いや、お母様はまた元気になられるのだ、僕はこれまで何度もそういう経験をしている、とマリオは答えた。

不思議な親子関係だなと、ピノッキオは思った。さて、自分はこれからどうするかと考え、ジェッペットと仙女様のいるシエナに帰ることにした。

シエナは丘の頂上に幾つかの大きな花が群がって咲いている、そのような感じの町である。ピノッキオがシエナに着いたちょうどその日は八月十六日で、パリオ（＊競馬のような競技に町じゅうがわきかえる祭り。パリオとは、その競技の勝者に与えられる大きな旗）の日だった。カンポと呼ばれる町の広場、そこで行われる馬の競争はもうすんでいた。勝利の旗を得た人々のざわめきがあちこちで続いていた。ピノッキオはそうしたざわめきと雑踏をかき分けて、道を急いだ。

やがてピノッキオは小さな聖堂の前に立った。この中には旅の途中、ずっと気になっていた人が住んでいるのだ。ピノッキオはためらうことなく、聖堂のドアを押した。ここには聖職者らしからぬ聖職者が住んでいるのだ。その人の

「よくぞ言ったぞ、ピノッキオ！　君のその言葉の中に四年間の旅の収穫がことごとく詰まっている。そして、それがぼくへの何よりの土産物だ。本当にありがとう、ピノッキオ！　そして、本当におめでとう、ピノッキオ！」

「ありがとうございます、ジョヴァンニ！　でも、少し生意気な口をきいてすみませんでした。」

「いや、本当のことを言ってくれてありがとう。実はぼくはこのごろ、旅もしないし、外へも出ないものだから少し、たしなみの心を忘れかけていたのだ。さすがは外の空気を吸ってきた者は違うよ。」

「おだてないでくださいよ。あまり褒められると、また、たしなみの心を失いそうになりますから。ところで、今度書かれたこの原稿はどんな中身なんですか？」

　ジョヴァンニはようやく、自分のほうへ話が向いてきたので、うれしそうに話し出した。

「それは英国のある友人が次のような変な童話を書いてよこしたのだ。それについてぼくが感想文を書いたんだ。それで、この友人だが、いつもイタリアの悪口を書いてよこすのだが、どうもこの童話はスイスかイタリアを舞台にして書いたと思われる節があるんだよ。」

「イタリアに関心を持ってもらえて、ありがたいんじゃないですか。」

「そりゃそうだが、ダンテは山の雄大さや起伏の妙を知らず、山といえば大きな壊れた石か岩としか思っていないとやつは言うんだ。これに対して北国スコットランド生れのスコットは山の雄大さがわかり、しかも、石や岩を愛する心を持っているというのだ。」

「単なるお国自慢ですか？　それならつまらないじゃありませんか。そんなやつの言うことなんか気にしないでおいておきましょうよ。」

「いや、お国自慢であってもなくても、これは放置しておけない、実に重要な言いがかりだとぼくは思うのだ。やつはこうも言っている。イタリアの山の日当たりのいい山腹は、地面が焼けるために、常に塵芥《じんかい》状の生気のない、白みがかったねずみ色を呈し、何ともいえない気持ちの悪い感じを起こさせる、と。」

「気持ちの悪い感じかどうか、どうして、そんなふうに決めつけられるのでしょう？」

「君もそう思うかね。ぼくもそう思うのだ。ところで、やつはこんなことまで言っている。『岩石や沼鉄鉱《しょうてっこう》からもたらされる紫・青などの色によって雄大に見える英国の山々、また、神々しい緑色の草や、紫色の松で美しく見えるアルプスの山々、それらに比べてイタリアの山々はなんとみすぼらしく見えることか。』と。」

「その人はよくイタリアに来ているんですか？」

「来ている、確かによく来ている。ぼくも何回か会ったことがある。」

「その人は自分の暮らしている英国の風景と比べて、イタリアの風景の違いを何か感じ取ったようですね。」

「そのとおりだ。やつはこう言っている。『南国の風景が北国の風景に比べて著しく劣っているのは、この岩石の白味である。南国の山々が日光に照らされるとき、それはほとんど空の白い部分と区別することができない。』と。」

「それで、その人が送ってきた童話というのは、どんな話なんですか?」

「まあ、あらすじを言うと、ざっと次のとおりだ。黄金の河と呼ばれる谷に三人の男の兄弟が住んでいた。上の二人は飢饉《ききん》で困っている人たちがいても、知らんふりをして自分たちだけのことを考えていた。しかし、末の弟は、二人の兄にいじめられていたが、かわいそうな人・困っている人には親切をせずにはいられなかった。彼らの土地は豊かで、いつも作物が多く実った。しかし、そんな、黄金河の谷にも不作の日がやってくる。彼らは困ってしまった。ある日、末の弟が一人で家にいると、風変わりな、見たこともないおじいさんがやってくる。彼は末の弟にこう言った。『黄金河の水源の山に登って、そこで教会の儀式で使う聖水を三滴たらせ。そうすればその人のために河の水は黄金に変わるだろう。』帰ってきた兄たちは弟からその話を聞き出す。そして、まず二番目の兄が険しい山道をたどって、その水源へ向かう。なぜなら、一番目の兄は監獄に入っていたから。二番目の兄は一番目の兄を出し抜いて黄金を独り占めしようと勇んで出かけるが、急勾配の岩道を登っているとき、のどの渇きにおそわれ、聖水の入った水筒に手を伸ばす。そして、三滴残すだけでいいと自分でそれを飲む。途中、のどが渇いて死にそうな犬、金髪の子ども、老人などに会うが、それらを無視して進んでいく。すると、ついに激しい稲妻が起こり、彼はよろめいて河に落ち、流れにのみこまれてしまう。その後、監獄から出たいちばん年上の兄が、同じようにして黄金を手に入れようとして出かけるが、これもまた、失敗して河に落ちてしまう。弟は兄たちが帰ってこないのをさびしがっていたが、そのうち、お金もなくなってきたので自分も運だめしに行こうと、聖水の入った水筒を持って河の源に向かった。兄たちは黄金河の王様の魔法で黒い石に変えられてしまったのである。さて、この弟は、途中で出会ったものに、聖水をみな、惜しげもなく差し出してしまう。老人、子ども、小さな犬などである。小さな犬に聖水の残りの全部をあげてしまったとき、急にこの犬の姿が見る見るうちに変化して、以前出会ったおじいさんになった。このおじいさん、実は黄金河の王様だったのだ。こうして谷はまた、元のとおりの豊かな谷となる。河が黄金に変わるなどということは起こらなかったが、黄金の河のようなすばらしい河が岩の新しい裂け目から湧き出てきたのである。そして、その新しい河のそばにはみずみずしい草や花が育ち、谷は再び実り豊か

しろ遠くから見ているのでよく見えない。はやくカターニアの町へ行かなければ――、ピノッキオは山を下ると、駆け出した。

カターニアの町に入ると、ピノッキオは会う人ごとに呼びとめて、ジェッペットと仙女様のことをたずねた。二人はぜったいに、この町のどこかにいると、確信に近い直感がひらめいた。

昼すぎから町のあちらこちらを、足が棒になるくらい歩き回った。しかし、手がかりは得られなかった。やがて太陽が沈み、日の光が海のかなたに消えていこうとする、そんな夕暮れどき、ピノッキオは野原に張りめぐらされた有刺鉄線に沿って歩いていた。ぼくはジェッペットと仙女様のところに行きたいのだ、それにしても二人はいったいどこへ行ってしまったのだろう、暗い洞穴《ほらあな》の中にでも消えたかのように不思議でならなかった。野原といっても、そこはギリシアの遺跡らしい建物の土台石があちこちに残っていて、気をつけて歩かないと足をとられそうだった。少し離れた小高い丘にはアスフォデロスの花がいっぱい咲いていた。すらりと伸びた茎の先に白い花が、いや、それは灰色がかった白さで、どことなく人の肌の白さに近かった。

仙女様とジェッペットは痛ましくも、水田のような水たまりの中に横たわっていた。仙女様は眠っているかのような美しいお顔をしていた。ジェッペットはピノッキオのよく見慣れた薄い褐色の上着を着、短靴をはいたままの姿だった。二人の周りにも死体はごろごろ転がっていたが、それらはほとんど焼け焦げていて誰とも見分けのつかないありようであった。二人が焼け焦げを逃れたのは、どういうわけかわからない。ただ、水のあるところへ逃げたからだろうと、ピノッキオは考えた。

それからピノッキオは町の中心街へ出ていった。そこには顔にやけどを受けた人や、傷《いた》んだ足をひきずりながら歩く人が大勢いた。親やきょうだいを探して泣き喚《わめ》く子どもたち。バラックの小屋の中でうずくまっている老人たち。地震、それに引き続いて起こった火事などの被害者で、通りは大変な混雑を呈していた。死者の顔にはありあわせのハンカチのような白い布が掛けてあった。その簡素な刺繍の模様がピノッキオの眼を引いた。死者の身元を知らせるメモのようなものが細長い板に書かれていて、それが死者の頭の上に立てかけてあった。生存者もぼろぼろの衣服をまとい、顔や手足に深い傷を負っていた。

ピノッキオは町の中心街を歩きながら、二人の埋葬について考えた。死骸はこの近くの教会に交渉して墓地に埋めることにしよう。そう考えてから彼は再び、野原に戻り、まず二人の死骸を水たまりから担《かつ》ぎ出した。荒れはてた広い野原の中に一箇所、きれいな水の湧き出ている泉があった。ちょろちょろと湧き出しているその水が太陽の強い光を受けて、きらきらとまぶしかった。ピノッキオは救われた思いで、ここへ死骸を運び、泥をぬぐい浄《きよ》めた。

死骸を洗い浄めているとき、ピノッキオはジェッペットの頭のてっぺんの中央に直径五センチほどの切り傷と、顔の中央部にやけどがあるのを見つけた。

切り傷は建物の柱か何かが強く当たってできたものだろう。外への出血はほとんど見られなかったから、強い打撲《だぼく》による内出血と頭蓋骨《ずがい》折で命を落としたのだろう。片や仙女様はショックのあまり眠ってしまったかのような状態で、それはそれは安らかであった。ただ、お顔には泥がかかっていたのでピノッキオはそれをぬぐって差し上げた。それから、唇が乾いてかさかさになっていたので、泉の水を木の葉ですくいそれで潤《うるお》して差し上げた。それから、二人の死骸をそれぞれ古菰《ふるごも》で包んだ。棺など見つけようとしても見つかるはずがなかった。

それから、ピノッキオは二人の死骸を教会の墓地に運ぶため、荷車を探しに、また、町へ出かけた。

ところで、ピノッキオが荷車を引いて野原に戻ってくると、二人の死骸はあとかたもなく消えていた。どうしたのだろう？　死骸が消えるなんて！　しばらくして、それは死骸取り片づけの大きな荷車が持ち運んでいったものとわかった。引き取り人のわからない死骸は役所の荷車がそうやって運んでいくのだと、彼は野菜売りのおばさんから教えられた。さて、二人の死骸はどこへ運ばれたのだろうか？　ピノッキオはまず、役所へ行って死骸の運ばれ先をたずねた。役所は大変な混雑で、はっきりした回答は得られなかった。地区司令部に行くとわかるかもしれないと言われたので、その場所を教えてもらった。そして地区司令部に行くと、ここも混雑していてよくわからないという返事だった。

警察へ行けば何とかわかるかもしれないと言われたので、その場所を教えてもらった。しかし、警察でも、「何しろ山のようにたくさん死骸を運ぶのだからどこへ運んでいくのかわからんね。」と言われた。「でも、墓地は決まっているでしょう?」とピノッキオがたずねると、「三つの教会の墓地だ。」と教えてくれた。

残念なことをした、わずかの時間に、とピノッキオは悔やんだが、今となってはどうしようもなかった。それから三つの教会墓地を次々に回り、お花を供えた。最後に回った教会墓地は町を見下ろす丘にあった。教会の右手に泉があった。そのほとりに糸杉がそそり立っていた。その糸杉の色はいくらか白っぽかった。ピノッキオは緑色の糸杉しか見たことがなかったから、不思議な気がした。

ところで、仙女様は本当に死んでしまったのだろうか、彼女は不死身ではなかったのか、ピノッキオには不思議でならなかった。いや、いくら神々のお生みになった子どもといえども死んでしまうのはギリシャ神話に例がたくさんあるから、不思議とはいえないかもしれぬ、そう考えた。冥界の王が誘拐《ゆうかい》して自分の国へ連れていけば、誰でも死んでしまうのだ。仙女様は冥界で今ごろ、何をしていられるのだろうか。そして、ジェッペットも何をしているのだろうか。

「私がここで母を呼べば、あなたを現世に戻すことができます。」

「あなたは、どうしますか？」

「私のことは大丈夫です。それより、あのかたのことを……。」

「それはありがとうございます。」

と言ってみたものの、ジェッペットは仙女のことが気になった。

「もし私があなたのお母上の力によって現世に戻してもらえるとしたら、あなたも一緒に現世に戻ることができるのですね。」

仙女は困った顔をした。

「いいえ、それはできません。母の力ではせいぜい一人を戻すことができるだけです。私はここにとどまります。」

「それなら、私は戻りません。」

ジェッペットは断固とした口調で、そう言った。仙女はまた、困った顔をした。

「ところで、ピノッキオは元気に暮らしているのでしょうか、ピノッキオに会いたいなあ。もしピノッキオに会うことができたら、あなたはどんなことを言いますか？」

ジェッペットは仙女にたずねた。

「そうですね……」としばらく考え込んでから、

「あの子は今、さびしいでしょうね。あなたも私もこうやって冥界に来てしまったのですから。」

「旅の最中かな？　友達がたくさんできただろうか？」

「だいじょうぶですよ。もし今度ピノッキオに会うことができたら、『あなたはもう私のことは気にかけず、自分とコムニタ（＊共同体社会）のみんなのことを思って元気に生きてね』、そう言うつもりです。」

「甘えん坊のピノッキオに、そんなあなたの気持ちが伝わるでしょうか？」

「あの子はあれから、いろんなところを旅してさまざまな人々と知り合いになったでしょう。私やあなたがそばにいなくても、十分にやっていけますよ。」

「そうだといいのですが……。でも、私たちはいつまでも家族のようなものですよね。それは変わりませんよね。」

「変わりません。住む世界は違ってしまいましたが、私たちはいつもピノッキオのことを思っていましょう。ピノッキオもたぶん、そうでしょう。」

　さて、こんな二人の会話がピノッキオの耳に届いたかどうか、それはわからない。ただ、ピノッキオは仙女様もジェッペットも、この世ではない、どこか遠いところへ行ってしまったのだと思った。そして、夜空に輝く星を仰いだとき、どこかで二人が自分を見ているような気がした。また、深い眠りに落ちたとき、夢の中に二人が時々現れてくるような気がした。

# 第15章　不思議な女《ひと》ベアトリーチェ

カターニアでの毎日は、悲しいものだった。朝、真っ赤な太陽が出て、夕方にはそれが、じゅうっという音をたてて海に沈む。そんな風景を何度も見ながらピノッキオは、大粒の涙を流した。

ある日、ピノッキオは砂浜で大きな貝を見つけた。そばに落ちていた木の枝で貝の口をこじ開けた。すると中から、眼の覚めるような美しい女の人が出てきた。女の人は何も言わず、ピノッキオの肩にやさしく手を置いた。そして、しみじみと彼の顔をのぞきこんだ。

悲しみのあまり何事も忘れ果てていたピノッキオに、意識と記憶が少しずつ戻ってきた。この女《ひと》はいったい誰なのだろう。

「お前はいったい、誰なのだ？」

ピノッキオがきっと眼を据えて、そう言うと、女はやわらかくほほえんで、ただ一言、

「ベアトリーチェ。」と答えた。暖かく包み込むような声だった。

あまりにも気持ちがいいので、うっとりとしていると、その女はさらにこう言った。

「あなたはこれからフィレンツェに行かれると、よいでしょう。それはあなたのためにもなるし、他人のためにもなります。」

「予言者のようなことを言うんですね。ぼくは今、この世でいちばん親しい人、お父さん、お母さんと思っていた人を失ったんです。悲しみのあまり、海に飛び込んで死にたいくらいなんです。これから、また、旅に出るなんて、そんなことできません。」

「旅に出て忘れたらいいのです。」

「冷たいことを言うんですね。忘れられますか！　恩を受けた人ですよ。かわいがってくれた人ですよ。どうして忘れることができますか！」

「恩を受けた人でも、かわいがってくれた人でも、死んでしまうと、みんな空気のような霊になってしまいます。あなたはまだ死んでいないのですから、前を向いて生きていくべきです。それに、あなたはいやでも死者を思い出すでしょうから。」

「おいおい、冗談じゃないよ。どうしてぼくが死んだ人のことを思い出すんだよ？」

「私はずっとあなたのことを見てきましたが、あなたは、死者のことを思うな！と命令されても、その命令にとうてい従うことのできない性質です。」

「ふん、よく言うよ。ぼくのことなど、本当は何も知らないくせに。」

「あなたがそう思うのなら、そうしておいてもかまいません。でも、これから私、あなたの前にときどき現れることになると思うのです。そのときはどうぞ、よろしく。」

「おせっかいなら要らないよ、たくさんだからね。」

ピノッキオがそのように、毒のある言葉を、心とは裏腹に返したとき、もう、その女の人の姿は見えなかった。何だ、あいつ、勝手にぺらぺらしゃべりたてて、ピノッキオは独り言を言いながら、新しい旅立ちのことを考え始めた。

ピノッキオがフィレンツェに向けて出発したのは、それから三日後のことだった。フィレンツェはシエナの少し先にあった。シチリアからシエナにひとまず帰って、それからフィレンツェに向かうことも考えたが、今回はシエナには立ち寄らず、まっすぐにフィレンツェに行こうと思った。

シチリアのカターニアを出て、ちょうど五日間でフィレンツェに着いた。その名のようにまさに美しい、花のような町だった。ピノッキオがこの美しい町にやってきたのは、ある目的があったからである。それは二十年ほど前にできたという、うわさに名高いインノチェンティ捨子養育院を見るためであった。

「この女の子は、その後、どうしたのでしょうか?」

「お母様なり、お父様なりがお迎えに来たとかいう記録はありませんね。」

「というと、ずっとここにいたということですか?」

「その可能性はあります。ちょっと待っていてください。ほかの資料があるかもしれませんから。」

司書はまた、書庫に入った。

しばらくたってから、司書はでっぷりと太った事務長のような人を連れてきた。

「学芸員の主任をしているカルロ・マッツァーリといいます、はじめまして。」

その人はこうていねいなあいさつをして、次のようなことを言った。あなたがお探しのカテリーナ・マリア・ペトリーニさんですが、このかたはここインノチェンティ養育院が開設する前にあった古い養育院に入っていたかたですね。と申しますのは、ここフィレンツェにはインノチェンティが開設する前に二つの養育院があったのです。それは不幸な子どもたちだけでなく、貧しい人々、老人、それに巡礼の途中で病に倒れた人々なども収容していました。ところが、この施設が充実しておりますし、また、規模が大きいものですから、その二つの子どもたちだけを収容するこのインノチェンティ養育院が開設されてから、この養育院はここに吸収合併されたのです。ですから、あなたがお探しのペトリーニさんはたいへん昔のかたなのですが、かろうじて記録が残っていたというわけです。

「それでは彼女は、いや、ペトリーニさんはその後どうなったかは、もうわからないのですね。」

ピノッキオは残念そうに言った。すると、マッツァーリさんは、いいことを思いついたというような笑みを浮かべて、こう言った。いえ、ぜんぜん手がかりがないというわけではありません。もし、あなたがこれ以上のことをお知りになりたいのであれば、私はある人を紹介しましょう。この人はもう百歳をとっくに超えた婦人ですが、今も元気に暮らしているでしょうから、その人を訪ねてみたらいかがですか？

「その人は、どんな人なのですか？」

「その人の名は、アンナ・アガータ・スグレナといいます。彼女も幼いとき、ペトリーニさんと同じように養育院に入っていました。どこの養育院か、忘れましたが……。彼女は養育院や捨て子の研究もしているんです。今はフィレンツェから少し離れたカシヤーノという村に住んでいます。なかなか記憶力のしっかりした人ですから、お会いになられたらよいと思いますが。」

「ぜひ、会いたいです。」

「わかりました。それでは今から紹介状を書きますから、しばらくお待ちください。」

こうしてピノッキオはカシヤーノにスグレナさんを訪ねた。気持ちのいい春の朝だった。緑の野原や花ざかりの生け垣が美しかった。風さえいい香りがした。ピノッキオは田舎の景色を眺めながら、生き返るような気持ちがした。途中、畑を耕している男の人に会った。スグレナさんの家を教えてもらった。両側に花のいっぱい咲いた生け垣のある、細い坂道を登っていく。すると、坂道の上のほうから小柄なおばあさんが杖をついておりてきた。白い絹のブラウスを着ていた。

「失礼ですが、スグレナさんでは……?」

その人はじいっとピノッキオを見た。顔はつやつやとして、目も生き生きとして澄んでいる。

「はい、わたしはスグレナですが。」

しっかりした声だった。

「アンナ・アガータ・スグレナさんですよね。はじめまして、わたしはピノッキオと申します。インノチェンティ養育院のマッツァーリさんからご紹介いただきました。」

そう言って紹介状を見せた。

「目が不自由なものですから、後でゆっくり拝見しましょう。まずは、どうぞ家までおいでください。」

　そう言うとスグレナさんはくるりと向き直って、自分の家の方へ歩き出した。しばらくしてオルト（※菜園）に着いた。あちこちに紫のヒヤシンスと黄色の水仙が咲いていた。

「きれいですね。」と言うと、

「私は庭つくりが楽しみなんです。春になるといっぱい花が咲くのでたいへんうれしいです。」と言った。

　スグレナさんはドアを開けて、ピノッキオを部屋の中へ迎え入れた。四方とも白い壁だった。一方の隅に重厚な感じのする大きな書棚があり、もう一方の隅には年代を感じさせる食器棚があった。目の前には大きなテーブルと、いすが五つあった。甘いリンゴの香りが部屋全体に漂っていた。やがてピノッキオは促されて、椅子《いす》に腰を下ろした。

　スグレナさんは飲み物にミルクティを出してくれた。それから彼女は眼鏡をかけてマッツァーリさんの紹介状と手紙を読み始めた。しばらくして彼女は言った。

「マッツァーリにはしばらく会っていないけれど元気でしたか。」

「はい、お元気でした。」

　そう答えると、

「それはよかった。」とほほえんだ。「あなたはカテリーナのことを調べているんですね、カテリーナは私のお姉様のような人でしたが、あなたはカテリーナとはどういうご関係なのかしら。」

「母のような、いや、母以上の人です。」

「それはお世話になった大事な人という意味ですね。」

「はい、そうです。」

「そうですか、恩人のことを知りたくなるのはよくわかりますよ。私の知っているのは養育院にいたときのことだけですから、彼女についてのわずかな知識だと思いますが、それでも何かお役に立つかもしれませんから、お話しいたしましょう。」スグレナさんはこう言った。「もうずいぶん昔のことですが、カテリーナのことはよく覚えています。私にとって忘れられない人ですから。」

そう前置きしてから彼女は長い糸を手繰《たぐ》り寄せるようにして、話を始めた。

そもそも私がカテリーナと初めて会ったのは、インノチェンティの前の養育院サン・ガッロにいたときです。ご承知かと思いますが、インノチェンティの前にはサン・ガッロとデッラ・スカーラという二つの養育院があったのです。彼女のほうが先輩でした。初めて会ったとき、私たちは、こんな会話を交わしました。

が少し開いていました。たぶん部屋を閉め切っていると悪い空気が蔓延《まんえん》するというので、看護に当たっていた先生がそうしたのだろうと思います。私はもうこらえきれずに、ドアを押しました。

「カテリーナ？」私はそっとささやきました。「起きてる？」

「あっ！　アンナ。」彼女は一瞬驚いたようですが、しばらくすると落ち着いてこう言いました。「よく来てくれたわね。ありがとう。」

　私はベッドに近づいて彼女にキスしました。彼女の頬はあたたかく、目はほほえんでいました。

「十一時過ぎでしょう？　さっき十一時を打つ大時計の音を聞いたわ。」

「あなたに会いたかったのよ。あなたと話さないと眠れないんだもの。あなたが病気になってから、わたしたち、なかなか会えなくなったでしょう。それに、あなた、明日ここを出るっていうじゃない？」

「そうなの。勝手に決められちゃった。」

「いやじゃないの？　いやだったらいやだって、はっきり言うべきよ。」

「あなたと別れるのはいやだけど、私、ここにあまりにも長くいすぎたんですもの。外の空気が吸ってみたいの。だから、ちょうどいい機会かなって思うの。」

「引き取ってくれる人、ちょっと変じゃない？」

「別に変でもないわよ。病気が治ったのはあの人のおかげかもしれないって感謝してるのよ。」

「うそっ！　どうして？」

「だって、あの人の夢を見たら、次の日あの人が養育院にやってきたんだもの。」

「不思議なめぐり合わせね。でも、いよいよ、あなたは行ってしまうのね。」

私はぐっと悲しみがこみあげてきました。涙がぽろぽろと足元にこぼれ落ちました。

「あら、アンナ、あなた、素足なのね。冷たいでしょう。私の毛布に入りなさいよ。」

私は言われたようにしました。彼女は私を抱き、私は彼女にぴったりと寄り添いました。カテリーナは強く私を抱きしめました。私は彼女の心臓の鼓動を聞きながら、二つの体がひとつになっていくような感じの中で、いつの間にか眠ってしまいました。

私が目覚めたとき、夜はすでに明けていました。気がついて顔を上げると、私は誰かの腕の中にいました。あの宿直の先生が私を抱え、廊下を渡り、子どもたちの宿舎の方へ運んでいるところでした。私は部屋を脱け出したことをとがめられずにすみました。先生もほかの子どもたちも、何も説明してくれませんでした。しかし、二、三日たってから、私は夜明け前に宿直の先生がカテリーナの部屋に入ったとき、見つけられたのだ、と知りました。カテリーナは迎えに来た女の人に連れていかれたし、私はそのまましばらくそこに眠ったままにされていたようです。この後、カテリーナがどうなったのか、私は知りません。

スグレナさんの話が終わると、外はもう薄暗くなっていた。帰らなくては、とピノッキオが立ち上がろうとすると、彼女は何もないが夕食を食べていくようにとすすめた。せっかくのご好意を無にしては悪いと思い、遠慮なくいただくことにした。

まず、サラミと生ハムが出た。そして、オリーブ・オイル漬けのマッシュルームが出た。次に出たのがポレンタ・ドルチェだった。これは栗の実をつぶしてマッシュ・ポテト状にしたものに新鮮な牛乳をかけて食べるのである。栗のほのかな甘みと牛乳のまろやかさとがよく溶け合って、とてもおいしかった。作り方をたずねると、彼女はこう説明してくれた。まず、栗をカチカチになるくらいよく乾燥する。次に、それを石臼で粉にする。それから、鍋でお湯を沸かし、煮立てたお湯の中に粉を入れる。よく鍋の中をかき回し、どろどろのものがマッシュ・ポテトのような硬さになるまで煮詰める。煮詰まったところで、塩を一つまみ、ふりかける。これででき上がり。簡単でしょう、あなたも作ってみなさいよ。「はい、ぜひ。」最後に出たのはモーレ。ブルーベリーの一種で彼女が二日前に近くの畑で摘み取ったものだという。甘みの中に少し酸味があり、おいしかった。

それから、ピノッキオはスグレナさんの家を辞した。

「今日はいろいろと楽しかったです。また、ごちそうになってありがとうございました。」

「私のほうこそ、お礼を言います。敬愛するなつかしい友人の思い出を話す機会を与えていただき、感謝します。どうか、あなたに神様のお恵みがありますように。」

「また、お会いしましょう。」

「ええ、元気であればね。」

「会えますよ。会えますとも。」スグレナさんはゆっくりと手を上げ、指で空を示した。「そう、あそこでね。」

ピノッキオがフィレンツェの宿に入ったのは夜の十一時を過ぎていた。水で手足、それに、体を洗ってから、すぐベッドにもぐりこんだ。眠るとすぐ、ベアトリーチェが現れた。

「今日はおつかれさまでした。」

「何だ、君か、今日は疲れているから相手はできないよ、眠らせてよ。」

「いや、今日は本当に大収穫でしたね。わたし、驚いちゃいましたよ。」

「何が？」

「だって、仙女様のお名前がわかったんでしょう。」

「わかったよ。仙女様のお名前はカテリーナ・マリア・ペトリーニというんだ。」

「それから、仙女様の本当のお母さまのこともわかったのですね。」

「そうだよ。仙女様のお母さまはヴァイオリンの教師で、ご主人を亡くされた後、幼い仙女様をフィレンツェのサン・ガッロ養育院に預かってもらい、ヴェネツィアのオスペダーレで、ヴァイオリンの教師をされていた。」

「そうなんですってね。ちっとも知りませんでしたよ。」

「いつか、ジェッペットからもらった手紙には、仙女様のお母様はダンサーで、お父様は竪琴引きだと書いてあったが、……。」

「仙女様は今でも、そうだと思っていらっしゃるんですよ。」

「それは、ウソなのかい？」

「ウソといえばウソ、本当といえば本当……。」

「なんだか、はっきりしないね。」

「それがですね。私の調べたところによると、どうもそれは魔女の親のことら

いったい、誰の名？とピノッキオが聞くと、男はそれ、ぼくの名前と言った。笛吹き男はパオロ・プラトリーニという名前だったのだ。初めて聞くような名前だった。元からそういう名前だったのかもしれないし、それとも新たにつけた名前かもしれない。そんなことを考えているうちに笛吹き男、いや、パオロはこう言った。

「じゃ、ピノッキオ、ぼくが航海に出る前に一度、ジェノヴァに来てくれよ。歓迎するから。それでは、チャオ。」

ピノッキオはパオロの紙切れをポケットにしまいこみ、インノチェンティ養育院に急いだ。

「こんにちは。」事務室の窓口であいさつすると、この前の司書が出てきた。また来たかという顔でほほえんでいる。

「あの、ぼくのことも知りたいんですが、……。」

「何か形見の品をお持ちですか？」

「えっ！　あのう、特に持っていませんが……。」

ピノッキオはあわてた。というのは、この前はベアトリーチェが現れて耳元でささやいてくれたからである。ところが、今日は出てこない、いったいどうしたというのだ。ピノッキオは困ってしまった。

「形見の品がありませんと、お調べするのは難しいですね。」

「そうですか。」

ピノッキオはがっかりして、うなだれた。

「ちょっと待っていてください。主任に聞いてみます。」

ピノッキオは待合室のいすに腰を下ろした。しばらくして、この前のマッツァーリさんが現れた。

「この前はどうも。スグレナさんとは会いましたか？」

「はい、会いました。とてもお元気でした。」

「有益な情報が得られましたか？」

「はい、それはもうたくさん、得ることができました。」

「それはよかった。ところで、今日はどのようなことで？」

「はい、実はぼくのことなのですが……」

「あなたのことで？」

「はい、実はぼくも捨て子なんです。」

「ほう、それで、どこで？」

「いや、場所はよくわかりません。」

「場所がわかれば楽なのですが、多くのかたの場合、場所さえわからないんですよね。何か手がかりになるものはありませんか？」

「ぼくは気がついたときは、ジェッペットという初老の紳士に育てられていました。彼の言葉によれば、お前は木から生まれたんだと。」

「木から？」

マッツァーリさんはしばらく考えてから、こう言った。

「木からというのは意味深いですね。それは、たぶん、森で拾ったということでしょう。森の大きな木の下に捨てられていたのでしょう。」

「でも、それ以上のことはわかりません。」

「ロンバルディーアのほうには、そのような話がよくあります。樵《きこり》の家で子だくさんだと末っ子がよく捨てられましたから。」

そんな話を聞いてから、ピノッキオはインノチェンティを辞した。

宿に帰って服を脱ぎベッドに腰掛けて、ぼんやりと天井を眺めた。

「そんなにがっかりするもんじゃないわ。」と、声がした。ベアトリーチェだ。

「がっかりせずにはいられないよ。仙女様の場合はうまくいったのに、ぼくの場合はうまくいかないいんだもの。」

「教えてあげましょうか、私の調べたことを。」

ピノッキオは目を輝かせた。

「教えてよ、早く！」

「あなたはロンバルディーアの樵の息子として生まれました。家の近くには大きな森がありました。お父さん、お母さん、それに五人の子どもが住んでいました。末っ子のあなたは体はやせていましたが、いつも陽気で大きな口を開けて笑っていました。あなたは蝶の後を追いかけたり、鳥の巣を探したり、すっぱい木の実をいっぱい食べたりしました。しかし、あなたのいちばん好きなことはいたずらでした。あるとき、あなたは木の根元でいかにもうまそうにタバコを吸っている紳士の口からパイプを奪ってしまいました。この紳士は村の領主さまでした。そんなことも知らずにあなたは、あのパイプがほしいなあ、ぼくもあの人のように口から煙を吐いてみたいなあ、そう思ってその紳士が居眠りをしているところをねらってパイプを奪ったのです。あなたはパイプを盗ると風のように逃げ出しました。家に着くと、あなたは有頂天になって、お父さん、お母さん、お兄さんたちの前でパイプを口にくわえました。ところが、いくら吸っても煙が出ません、そして、ついにむせ返って咳《せ》き込みました。それを見てみんなは大笑いをしました。その翌日、お父さんは領主さまに呼ばれ、息子のことでこっぴどく叱られ注意されました。息子をこの村においておくわけにはいかないとまで領主は言いました。お父さんとお母さんはこのままでは領主にどんな恐ろしい仕返しをされるかと思うと気が気ではありませんでした。それでその夜、相談してついにあなたを森の中に捨てることにしたのです。」

「わかった。それで、森の中に捨てられたぼくをジェッペットが拾ってくれたんだ。」

「いえ、そうではありません。この話にはまだ先があるんです。」

「どんな話？」

「森の中に捨てられたあなたを拾ったのは、たまたま通りがかった煙突掃除の主人でした。この男は町や村のお金持ちの家の煙突を掃除して歩く労働者の親方でした。その親方は二人の大人と二人の子どもを使っていましたが、あなたを見つけて自分の部下に入れたのです。それからあなたはこの親方に連れられてミラノの町に行きました。そして、ある大きな家の煙突を掃除することになったのです。」

「そこで、どんなことが起こったの？」

「あなたが煙突を掃除していると、それを面白そうに眺めている女の子がいました。それはこの家のお嬢様で、ちょうどあなたと同じくらいの年齢でした。やがて二人はおしゃべりをし、急に親しくなったのです。あなたがこの家の煙突掃除を一週間かけてやっているうちに、二人は本当に仲の良い兄妹のような間柄になりました。あなたがいよいよ仕事が終わってミラノの町から出ていくとなったとき、お嬢様は私も一緒に連れていってとあなたに頼みました。あなたは迷いました、悩みました。でも、それはできないとお嬢様にははっきり伝えました。しかし、お嬢様はなかなか受け入れませんでした。そして、二人のことをそれとなく見ていたお嬢様の乳母がいました。この乳母が、……」

いから、土台を何とか補強するしかないそうだ。「倒れない。まだまだ大丈夫。」と土地の人は言う。高さは五十メートルくらいだ。

ジェノヴァは前が海、後ろは山で、にぎやかな町だった。アドリア海にはヴェネツィア、リグリア海にはジェノヴァと並んで言われるようにこの二つの都市は地中海貿易の中心で、お互いに闘争心を燃やしていた。ピノッキオがジェノヴァにやってきたとき、地中海の中心はヴェネツィアにあった。それがやがてフィレンツェに移り、さらにジェノヴァに移ってくるのだが、ピノッキオにはまだそのことはわかっていない。彼にはジェノヴァはヴェネツィアに優るとも劣らない、にぎやかな都市のように見えた。また、フィレンツェほど優雅ではないが、商売が盛んで、イタリア人のみならず外国人がたくさんいて、活気のある都市だと思った。そして、これからの世の中は地中海から少し外に向かって動き出すのではないだろうかと感じた。そうだとすると、このジェノヴァは最も良い位置にある。ここから西に行けばすぐ、スペイン、ポルトガルだ。北のネーデルランドにも行ける。それに、イスタンブールのことがある。イスタンブールはついこの前まで、コンスタンティノープルと呼ばれていた。言わずと知れた東ローマ帝国の首都である。それがイスラムのオスマン帝国に征服され、イスタンブールとなったのである。イスタンブールはヨーロッパとインディアス（現在のアジア）とをつなぐ貿易ルートの要にある都市だ。ジェノヴァもヴェネツィアもこの都市の支配権を持ちたかったが、オスマン帝国のものとなってしまった今、ここを通ることができなくなった。すると、ほかの道を探さなければならない。アフリカ大陸を越えていくか、それとも、別の海路を見つけるか。

ピノッキオはジェノヴァの町を見下ろす丘に立った。言葉が詩のようになって口からあふれ出た。

海辺に木々なく石畳
小鳥は鳴き　海はにぎやか
浮かぶ帆船　数知れず
見送れば　またやってくる
うらやましくも　なつかしや
ところ定めず　さすらう人々よ

たくさんの船に驚いた。あんなにたくさんあってはぶつかって、ケンカでも起こるのではないだろうか。また、自分もあの一つに乗ってインディアスのどこか、カタイかジパングに行ってみたいものだ。それはともかく、笛吹き男パオロのところを訪ねてみよう。そう思って、ふと振り返ると自分と同じように海と町を見下ろしている一人の老婆がいた。ピノッキオは何となく声をかけたくなり、近寄った。「ここは眺めがいいですね。」ベンチに腰掛けていた老婆はまぶしそうに目を細めてピノッキオを見た。それから、こう言った。

「ああ、いい眺めだね。わたしゃ、いつもここへやってくるんですよ。」

「いつも？」

「はい、雨や風の強い日は来ませんが、お天気の良い日はいつもこうして杖をついて、ここまで上がってくるんです。」

「大変でしょう？」

「いや、運動のつもりです。また、それ以上に、気持ちが晴れ晴れするんです。」

「お婆さん、おいくつ？」

「八十一。」

「年齢よりお若く見えますね。」

「そうかね。ところで、あなたは旅の人？」

「はい、ジェノヴァは初めてです。フィレンツェから来ました。」

「フィレンツェかい、あそこはいい所だね。わたしも昔はフィレンツェで暮らしていたよ。」

「そうですか。今はご家族とご一緒で？」

「せがれは海で死にました。今は嫁と孫が一緒です。」

「せがれさんは船乗りだったんですか?」

「そう、船乗りでした。昔は爺さんと、つまりわたしの夫ですが、それと一緒に漁師だったが、後でポルトガル行きの商船に乗るようになり時化《しけ》にあって遭難したんです。」

「それはお気の毒でした。ところで、お孫さんは大きくなりましたか?」

「上が十五、下が十。二人とも男です。」

「じゃあ、船に乗るんですか?」

「本人たちはそう思っているようだが、わたしも嫁も反対です。二度とあのつらさは味わいたくないからね。」

それから二人はしばらく話をやめた。前に広がる海と町の景色を眺めていると、話をするのが惜しいくらいだった。ピノッキオはカバンの中から絵筆と画帳を取り出すと、さらさらっとスケッチした。老婆はそれをのぞきこんだ。

「あんた、なかなかうまいもんじゃ。絵描きさんかのう?」

「いえ、そんなんじゃありません。趣味です。気に入った景色があると描いてみたくなるんです。」

絵は十分ほどでき上がった。

「お婆さん、この絵をもらってくれませんか? 何かの記念に!」

おばあさんはピノッキオの顔をよく見て、こう言った。

「それはありがとう。大事にしますよ。実は今日はわたしの八十一回目の誕生日なんです。」

「えっ！　本当ですか！」

ピノッキオは飛び上がるほど驚いた。

老婆と別れるとき、パオロからもらった住所の紙切れを見せ、それがどの辺かと尋ねた。それあの辺だよと指さして教えてくれた。それから、ジェノヴァの町についていてこんなことも教えてくれた。ジェノヴァには金持ちもたくさんいるが、貧しい人、病気の人もたくさんいる。それ、あそこに見えるどでっかいお屋敷、あのそばに大きな樫の樹があるでしょう。あの濃い緑色の一角に干し草を山のように積んだだけのあばら家がいくつもあるんですよ。そこでは人間が牛・豚・羊・鶏などと一緒に寝たり起きたりしています。あのお屋敷の周りには餓死していく何百人もの人々が暮らしているんです。お屋敷の中では金襴《きんらん》の衣装で着飾り、かかとの高い銀色の靴をはいた貴婦人たちがしゃなりしゃなりと品を作って歩いているんです。その外ではクル病やレプラ（＊後日、ハンセン病という）に苦しむ大人たち、ぼろぼろの服を着て施しを求める子どもたち、やせこけた家畜を野原に追い立てていく青年たちがいます。あなたは彼らの姿を見かけるでしょう。また、港の周辺に行くと酒場が多く、どんちゃん騒ぎが絶えません。悪臭の漂う通りもありますよ。よっぱらいがくだを巻き、人

「マリオさんがお話しになったことの続きですが、……。」

「マリオはお母上に聞いてみると言っていた。」

「それなんですが、たぶん、無理だと思うんです。」

「いったい、どうして?」

「マリオさんのお母さまは、おそらく、その話はなさらないと思われますから。」

「なぜ?」

「だって、息子にそんな恐ろしい、また、不名誉な話を聞かせる母親がどこにおりますでしょうか?」

「何!　恐ろしいだって!　不名誉だって!」

「そうです。その話は、私もあなたにお聞かせしていいものか大いに悩みます。」

「だったら、話さなければいいだろう。」

「本当に、それでよろしいですか?　よろしければ、私はこれで退散いたします。」

「ちょっと待って!　ぼくの気を引いておいて退場するなんてずるいじゃないか!」

「ずるくても何でもしかたがありません。」

そう言ってベアトリーチェは部屋の隅に行き、今にも消えそうだ。

「いや、悪かった。話してくれ。その話が聞きたいから。」

　あわててピノッキオは呼び戻す。

「本当にいいんですね。」

「ああ、いいよ。頼むから話してくれ、全部洗いざらい。」

　それから、ベアトリーチェはおもむろに語り出した。

「私の調べたところによりますと、実はパメラ様とそのお母様にはこんな出来事があったのでございます。パメラ様のお母様は背が高く、すらりとしてそれはそれはお美しいかたでした。そして、その娘様のパメラ様もお美しいかたでした。ところで、この母娘《おやこ》がイギリスからイタリアに移り住むようになってから、お母様は年もとり容色も衰えてまいりました。そして、お母様の心は日ごと残忍になっていったのです。それはあのメドゥサの姿を人の心に置き換えたような恐ろしいものでした。お母さまは一人娘のパメラ様を決して結婚させまいと心に誓いました。そこへ、あのイギリスからの若者がやってきたのです。」

「火食い親方だ！」ピノッキオは思わず叫びました。

「いえ、それはそのかたの仮の名で、本名はカルロ・アンティノリといいます。イタリアに来てからはこれといった職に就けず、操り人形一座の経営をしておりました。」

「へえ、そうなのか！　初めて知ったよ。ところで、それからどうなったの？」

「若者は花束を抱えて二日おきに必ず、パメラ様の家にやってきました。お母様はそれを快く思いませんでした。ある日、若者がやってきたとき、お母様は彼に夕食を出しました。そして、その中に毒を入れたのです。若者はおなかが痛くなり、まもなく帰りました。それ以後、若者は来なくなりました。」

「若者は死んだのでしょう？　毒にあたって。」

「さあ、それはどうでしょうか、よくわかりません。ある人は若者がおなかを抱えながら海に飛び込むのを見たと言っています。また、ある人は若者が悲しい歌をうたいながら夜更けの道をとぼとぼ歩いていったと言っています。」

　ピノッキオはしばらく考えてから、次のように言った。

「君、この前、木切れがうたっていた歌を教えてくれたよね。」

「はい、お教えしました。」

「あれは、もしかして火食い親方、いや、カルロさんがうたっていた歌ではないのかな？」

「そうでしょうか？　私には何とも言えません。ただ、あのかた、カルロ様がイタリアにいらっしゃったとき、カルロ様のお母様はいませんよ。お母様はずいぶん昔にお亡くなりになっています。」

「ああ、ぼくもそのことは聞いたことがある。火食い親方のお母さんは確か、子どものころに亡くなったんだ。」

「そうです。木切れがうたっていた歌とカルロ様とはあまり関係がないのでは……。」

ピノッキオはまた、しばらく考えた。やがて目を輝かせ、大きな声を上げた。

「わかったぞ！」

「何が？」

「あの歌は火食い親方、いや、カルロさんがパメラ嬢の家から出て、苦しいおなかを抱えながらうたった歌なんだ。彼は毒を盛られて息絶え絶えだったのだ。そのとき彼は子どものときのことを思い出した。死んだはずのやさしいお母さんが現れて彼に呼びかける。今にも死にそうな彼が意識もうろうとした状態で答える。あの歌はそんなふうにしてできたのだ。」

「なるほど。そうであれば、なぜ、その歌が木切れのあなたに？」

「それはよくわからない。ただ何となくぼくと火食い親方とがつながっている、そんな気がするのだ。」

「父母未だ生まれざる前の因縁ですね。」

「何だい、それは？」

「あなたのお父様やお母様がお生まれになるよりずっと前の出来事が今のあなたに関係しているということです。」

「そうかね？　不思議だね。」

## 第18章　キオス島へ出発

　次の日、ピノッキオは起きるとすぐ、階下のバルトロメの本屋に降りていった。パオロはまだ帰っていなかった。バルトロメの話では近々、商船隊が編成され、兄はそれに加わる予定ですからまもなく帰ってくるでしょう、ということだった。本屋には船乗り風の客がたくさんいた。彼らの話す言葉を聞いているとスペイン語やポルトガル語らしかった。ピノッキオはパオロに勧められた航海に行くか行かないかを決める前、一度、船に乗ってみようと決心した。

「船に乗りたいんですが、無理でしょうか？」バルトロメに話しかけた。

「いつですか？」

「いつでもかまいません。そんなに先でなければ。」

「三日後、エーゲ海のキオス島に乳香の買い付けに行く船があります。もしよかったらこれに乗ってみませんか？」

「ありがとうございます。お願いします。」

ノよ、ものごとは考えしだいだ。俺は昔の船乗り仲間から、こんな話を聞いたんだ。」

「どんな話ですか？」

「何だか東の方にカタイとかマンジとかいう国があるそうだが、これはその国の話だ。ずいぶん昔のことだが、ある高い山のてっぺんに大きな石があった。その石がある日、急に破裂して、人の頭くらいの石の卵を一つ産んだ。この石の卵は、長い間雨に打たれ、風にさらされて、ついに猿の赤ん坊の形になった。そして、この猿は目や鼻がしっかりし、手や足が動き出すと、そこらへんをはったり歩いたりするようになった。」

「不思議な話ですね。それからその猿はどうしたんですか？」

「この先はとても面白い話なんだが、何しろ俺はもの覚えが悪いから忘れてしまったんだよ。何だか、ほかの猿たちからかつぎあげられて猿の国の王様になる、それから天にのぼり玉帝《ぎょくてい》とかいう神様の大将と合戦をするんだ。自分の髪の毛を抜いて分身を作ったり、思いのままに伸び縮みできる鉄棒をふりまわしたりして、大暴れするんだ。」

「元気な猿なんですね。」

「そうだとも。大、大、大の元気ものだ。そこで俺は考えたんだが、親なんかいなくたって元気に生きていくやつはいるってこと。だから、ピーノ、お前も

「元気を出せ。」

「わかりました。ありがとうございます。」

ベンベヌートさんはニヤッとほほえむと、去っていった。どことなくさびしげなピノッキオの様子を見て、ベンベヌートさんはこっそりと励ましに来てくれたのだ。それはそうと、今の話でピノッキオが興味引かれたのは、元気な猿が大きな石から生まれたということ、これはただごとならぬ出来事だ。ぼくは人間の子どもになる前、木切れから生まれたと誰かから教えられた。石から生まれた猿の話をもっと知りたい、そう強く思った。

海の暮らしというものは不思議なもので、ピノッキオはまだ船に乗ったばかりだというのに、もう陸へは上がりたくない気持ちが湧いてきた。海は相変わらず凪《な》いで、まぶしく光っていた。船はほとんど動かない。

ランポーニさんがポルトガルの民謡を歌い出したが、しばらくしてピノッキオのそばにやってきて、こう言った。

「ピーノ、君は海のことを書いた小説を読んだかい?」

それを読んでみたいのだと彼は言う。

「小説は知りません。詩なら知っています。」そう言うと、「それを教えてくれ」と言うので、ピノッキオは次の詩を読んだ。

おお、蒼《あお》き海　情熱の船
夢をまきちらす船よ
笛を吹く君　泣き入る君
銀の光が踊りだす
夢を積め　風よ吹け
胸の動悸《どうき》は高鳴れり

ランポーニさんは「わたし、きっと海と結婚しますわ。」、女の声色を使って笑って言い、船端から海に向かい、「おお、蒼き海！」とうなった。

午前十一時、昼食を食べていると、すばらしい北の風が吹いてきた。船はさっそうと青海原を走り始めた。

ところが、午後二時ごろから雲が出てきた。おやおやと見ているうちに、生暖かい風に変わり、風の勢いがどんどん増していった。マリネッリさんは空を仰いで、「どうもイヤな天気じゃなあ。」とつぶやいている。そのうち雨が降り出し、雷も鳴り始めた。目の前の景色がほとんど見えなくなった。雨はますます激しく、風もますます強くなった。船員はみな集められた。ピノッキオもついていった。船長がみなに指図をしている。ピノッキオは何か手伝おうとしたが、マリネッリさんが止めた。

「慣れないもんは手出しをしないこと。それがいちばんの手助けじゃ。」

ピノッキオははやる心を抑えながら、みなの動き回る姿を見ていた。

それはまるで大きな暴れ馬がなだれのようになって押し寄せてきた、そんな感じだった。一本のマストがへし折られ、船はぐらぐらと地震のように揺れた。水を入れた幾つもの樽《たる》がごろごろと転がり、甲板の柵《さく》を越えて海になだれ落ちていった。それは身の毛もよだつ恐ろしさだった。ひとかたまりの大きな波をかぶるたびに船員たちは互いに顔を見合わせた。そして、お互いのひげにたまった塩を見て笑い合った。しかし、そんな余裕もほんのわずかだけだった。山のような波が次から次へ押し寄せてきた。波は甲板を越えて船室にまで入ってきた。

「船長、救命ボートを出しましょう。」

船員の誰かが言った。

「いや、出しても無駄だ。たちまち転覆するよ。」

誰かが言った。

それでも、勝手にボートを下ろしたものがいる。ステファーノさんとベンベヌートさんだ。しかし、彼らが乗り込んだボートは、たちまち沈んだ。大波がやってきてひっくり返したのである。二人とも姿を見せなくなった。みんなは十字を切って冥福を祈った。こうしてしばらく、みなは船の中に入った海水を

怖をいくらかやわらげることです。」

「ということは、ぼくに洞窟の道を行けということだね。」

「いいえ、それはあなたご自身が決めることです。あなたがなぜここまでやってきたのかを考えてみてください。」

「ぼくはおなかがへったから黄色い実のところへ行き、のどが渇いたからこの井戸へやってきたんだ。」

「そのとおりです。では今、あなたはどうしようと思っているんですか？」

「この道の奥には何があるんだろうって思っている。」

「何かを探したい、見つけたい、そう思っているんですね。」

「そうだよ。」

「それなら、あなたの思うようにやってみたらどうでしょうか。私はあなたを少しは助けてあげることができるかもしれません。」

「この道を行こうかと思ったとたん、ミノス王のラビリントスを思い出したんだ。この道を行くと、ミノタウロスが待ち構えているような気がするんだよ。」

「それでためらっているんですね。人は知識や情報に振り回されることがよくありますから。」

「この道はまっすぐに行けないんだ。すぐ元に戻ってくるんだ。」

「そんなことはありません。それはあなたが進むか戻るか迷っているからです。

迷っているあなたの心が足の動きを元へ戻させるのです。」

「そうかなあ、でも、不安なんだ。」

「それでは糸玉をあげましょう。もしあなたの行く道がラビリントスであったとしても、この糸玉を使えば元に戻ってくることができるでしょう。」

「ああ、それはありがとう。」

ピノッキオはいくらか気持ちが楽になるのを感じた。

「それでは、元気で行ってらっしゃい。」

そう言うとベアトリーチェはすうっと姿を消した。それからピノッキオは糸玉の始めの糸を道の入り口にあった頑丈な岩にしっかりと結びつけ、どんどんと進んでいった。

## 第20章　魔女の話

明かりはずっと遠くのほうでちらちらしている。道の周りはめっぽう暗いので、ピノッキオはよろよろしながら手さぐりで歩いた。途中で、つるつるっと足が滑った。よく見ると、そばに小さな池のような水たまりがあった。水はぶくぶくと泡を立てていた。さっきから急に蒸し暑くなった気がする。不思議だなと思ったとき、岩陰からサソリのような虫がピノッキオに飛びかかってきた。彼はぱっと身をかわした。かわされて虫は水の中に飛び込んだ。と同時に、しゅっと音がして虫は焼かれたエビのようになって水面に浮かんだ。水はものすごい高温なのだ。ピノッキオはあわてて水たまりを離れた。

どんどん進んでいくと、明かりはだんだん明るく、はっきりとしてきた。ピノッキオは走り出した。そして、やっと目指す明かりのところに着いた。そこにはテーブルが一つあり、その上にローソクのともった燭台《しょくだい》があった。テーブルにはとがった帽子をかぶり、すその長い服を着た女の人が座っていた。女の人は若いのか年をとっているのかピノッキオには見分けがつかなかった。女の人は蛇の頭の付いた杖を一本持っていた。

「よく来たね、ピノッキオ。」

「どうして、ぼくの名を？」

「私にはわかるんだよ。お前のことをずっと見てきたからね。」

「どうして、ぼくのことがわかるんですか？」

「そこにある鏡を見ればわかるんだよ。」

そう言って、その女の人はテーブルのそばの大きな丸い鏡を指さした。

「あなたは、いったい、誰なんですか？」

「私は仙女を育てた魔法使いさ。」

「えっ！」ピノッキオは驚きのあまり、しばらくものが言えなかった。

「あなたのことは少し、聞いたことがあります、ある人から。」

「あのおしゃべり女からだね、ベアトリーチェだね。」

「はい、そうです。」

「あの女は私らと同じ魔法使いなんだが、大変なおせっかいなんだよ。それに、せっかちだから早とちりをするんだよ。」

「ぼくにはそんなふうにには見えませんでしたが……。」

「あの女が早とちりしたのを正しておかないと、お前のこれからに影響するからね。それでお前を呼んだってわけ。」

「あの人はどんな早とちりをしたんですか？」

「一つは仙女のこと。もう一つはお前のことだ。」

ピノッキオはわくわくしてきた。

「あの男はかわいそうな目にあった。イタリアでパメラと会えたので、結婚してくれと言ったが、パメラの母親が反対した。」

「パメラさんはどうだったのですか？」

「パメラは承知したが、母親が承知しない。」

「パメラさんのお母さんに毒を盛られて死んでしまったのですか？」

「いや、そんなことはない。パメラにしつこく付きまとうから、ある日、夕食に招かれたとき、苦くて渋い紅茶をいっぱい飲まされたのだ。それ以来、カルロは下痢と腹痛に悩まされる身となった。ところで、カルロはお前の母親ともつながりがあるんだ。」

「へえっ！　初めて聞きます。いったい、どんなつながりがあるんですか？」

「カルロはイタリアで芸能の一座を立ち上げ、その親方になった。お前の母親がこの一座で働かせてもらったんだ。」

「踊り子をしていたんでしょう、ぼくのお母さん。ぼくを産んで、しかも、お父さんと別れてしまったから、生活費を稼がなくちゃならなかったんでしょう？」

「そのとおり。カルロは優しい人間だからお前の母親を雇った。カルロはそのうちお前の母親に好意を持つようになった。また、お前の母親のほうもカルロに好意を抱くようになった。しかし、二人の仲はそれまでだった。カルロはどうしてもパメラが忘れられなかったし、お前の母親もジョヴァンニが忘れられなかったからだ。」

「その後、二人はどうなったのですか？」

「お前の母親は一座をやめてマンジへ帰ると言った。お前を連れて一座の事務所に別れのあいさつに来たとき、カルロはお前を抱いて『この子へのはなむけだ』と言って金貨を五枚母親に渡した。」

「なるほど。そういうことがあったんですね。」

ここまで聞くとピノッキオは、それまでの疲れがどっと雪崩《なだれ》のように押し寄せてくるのを感じた。魔女の顔を見ているうちに、いつしか意識もうろうとなり、魔女の顔が二重になったり三重になったりしてきた。ああ、もうだめだと思うと同時に、ピノッキオはテーブルに顔を伏せたまま深い眠りに落ちていった。

やがて気がつくと、そこには魔女の姿はなかった。こうしてはいられないと、ピノッキオはポケットにしまっておいた糸玉を取り出し、それをたよりに暗がりの道を一歩一歩あるき出した。いつしか洞窟の出口に着いた。それから井戸の岩に足を掛けて上っていった。井戸の外に出ると太陽がぎらぎらと照りつけていた。丘のところまで夢中で駆けた。砂浜を夢中で走りぬけ、波打ちぎわに着いた。ちょうど、沖を通る船があった。大きく手を振り、大声で叫んだ。船が気づいて、こちらへやってきた。それはジェノヴァに行く商船だった。こうしてピノッキオはジェノヴァに帰ることができた。

# 第21章　東方へ

ピノッキオは今、東方行きの大きな商船に乗っていた。彼の乗った船は今しがた、ポルトガルのリスボンの港を出発したばかりであった。多くの見送り人の中にシエナからやってきたジョヴァンニの姿があった。しかし、ピノッキオはそれに気づかなかった。彼はジョヴァンニが見送りに来るのを知らなかった。それで甲板に出ないでほかの乗組員と船室でわいわいがやがやしゃべりあっていた。ジョヴァンニはピノッキオから話を聞くまで彼が自分の息子であることを知らなかった。ある日、シエナに戻ってきたピノッキオがマンジから来た母親のことを詳しく話すのを聞いて、ジョヴァンニは自分の若い日々を思い出した。それから、ジョヴァンニは古い記憶をたどりながら、知っている限りのことをピノッキオに話した。ピノッキオは目を輝かせて聞いていて、「ぼくはいつか近いうちにマンジに出かけます」と言った。

それ以後、二人は会っていなかった。しかし、虫が知らせるというのか、子どもの考えていることはそれとなく親に伝わるもので、ピノッキオがリスボンから船出するといううわさが、いつの間にかジョヴァンニの耳に入った。そこでジョヴァンニはこうしてリスボンまでやってきたのである。ジョヴァンニは黒い頭巾のような帽子をかぶり、紫の打ち紐《ひも》のついた眼鏡をかけ、茶色の僧衣を着て、船の姿が見えなくなるまでそこを動かなかった。

船室でしゃべっているピノッキオのところへ、乗組員の一人パオロ・プラトリーニがやってきた。

「ジョヴァンニが見送りに来ていたよ。君、知らなかったのかい？」

「えっ！　知らなかった。」

「それは残念だ。知らせてあげればよかった。いいお父さんだね。」

「はい。でも、怖いです、しつこいです。あの人がお父さんだとは今でも信じられず、実感がわいてこないんです。」

「そりゃ、しかたがないよ。今までずっと離れ離れで暮らしてきたんだから。打ち解けて仲良くなるには時間がかかるものだ。」

「親って、本当に必要なんですかね？」

「おいおい、急にそんなことを言い出すなよ。」

「はい、わかっています。でも、このごろ、よくわからないんです。ぼくにとって親って何だろうって……」

「君がこの世に出てこれたのは親のおかげなんだよ。」

「はい、それは感謝しています。」

「丸太ん棒や石ころから生まれるのと、わけが違うんだから。」

「お言葉ですが、ぼくはその丸太ん棒から生まれたんです。」

「えっ！　冗談だろ、冗談がきついよ。」

パオロはけげんな顔でピノッキオをまじまじと見た。

「キオス島へ行く船の中で、ベンベヌートさんから不思議な話を聞きました。」

「どんな話を？」

「はい、東方のカタイやマンジに伝わる石猿の話です。」

「石猿の話？」

「石の卵から生まれた猿がほかの普通の猿たちと仲良く暮らし、その仲間たちの王様になるそうです。それから天にいる神様の大将と戦をするそうです。」

「面白そうな話じゃないか。ベンベヌートがよくそんな話を知っていたもんだ。だけど、君、そんな話を信じるのかい？」

「少し信じたい気持ちです。ぼくも昔は、木の切れはしから生まれたんだと聞いています。ジェッペットが目や鼻を作ってくれたんです。足と手を作ってくれて、ぼくは歩き出しました。それから、仙女様が人間の子どもにしてくれました。だから、ぼくは、その石猿もいつかは人間の子どもになるのかなと期待

さまよいながら地獄めぐりを行う。

ピノッキオは、ベアトリーチェという不思議な女性に促されてカターニアからフィレンツェに向かう。それは、フィレンツェで二十年ほど前に完成したインノチェンティ捨子養育院を見学するためであった。正面アーケード上部に配置されたあどけない子ども像を見てピノッキオは深く感動する。白い布でぐるぐる巻きにされた子ども像は、束縛でがんじがらめにされたピノッキオ自身の姿に見えたからであった。そして仙女様もインノチェンティ養育院に預けられた捨て子であったことがわかる。

ピノッキオは、フィレンツェで再会した笛吹き男の住むジェノヴァに赴く。そしてジェノヴァでエーゲ海に向かう船に乗り込む。しかし、嵐で船が沈没しピノッキオは海に投げ出される。しかし、幸運にも波打ちぎわに打ち上げられたピノッキオは、水を求めて深い井戸に入り、井戸の底の洞窟を探検する。洞窟の奥の明かりを目指して進むうち、燭台の置かれたテーブルについている魔法使いの女をピノッキオは発見する。ピノッキオは、彼女から仙女様の産みの親が中国マンジ出身の女性であったこと、ピノッキオの産みの母親も同様にマンジからの留学生であり、父親はシエナの聖職者ジョヴァンニであることを知らされる。この秘密を知ったピノッキオは、二人の女性の菩提を弔うために東方に向けて旅立つのである。

『それからのピノッキオ』のあらすじは以上のとおりである。この作品で注目すべきことの一つは、その時間軸の自由な移動と空間的な広がりについてである。『ピノッキオの冒険』の出版は一八八三年であり、リソルジメント期のトスカーナが限定的にその舞台背景をなしていた。しかし本作品の時間軸は、現代的な感じのする伝染病

（鳥インフルエンザを想起させる）の蔓延から、フィレンツェのインノチェンティ養育院（一四四五年オープン）の発足初期の時代まできわめて自由自在に移動させられている。また、火食い親方が英国出身者であって英国の貴族の館の書記を仕事としていたこと、同じ貴族の館で女中として働いていた女性パメラの後を追って火食い親方がイタリアに来ていること、中国の杭州やジパングが視野におさめられていることなどから舞台空間は国際的な広がりを持っている。

さらにジェッペットと仙女様による死者の国の訪問は、ウェルギリウスの英雄叙事詩『アエネーイス』（アエネーイスの物語）第6歌、もしくはダンテの『神曲』地獄篇のハデスの様子を思い起こさせる。渡し守に「黄金の枝」を示して三途の川を渡る描写は、クーマエの巫女シビュラの助言の場面に通じている。トラジメーノ湖で野菜を洗う女や、ヴェネツィアからシエナに手紙を届ける飛脚屋（＊手紙運び屋さん）は日本的なイメージで描かれている。また、『ピノッキオの冒険』の読後の感触が甦るような場面も印象的である。難破した後、浜辺に打ち上げられて寝そべった状態で目覚めるピノッキオの様子は、「働き蜂」の島に漂着したときと同様の情景である。井戸の底の洞窟を探検するピノッキオの足取りは、大サメの体内を巡ってついにジェッペットを発見するピノッキオの姿と重なる。

作者の空想の翼は、時間的にも空間的にも天をかけて羽ばたき、主人公ピノッキオの人間形成の過程が実に興味深く描かれている。

# あとがき

さて皆さん、ピノッキオの話はどうだったでしょうか？　面白かったですか、それとも、つまらなかった？

人間の子どもになったピノッキオが青年、そして大人になっていくところを私は書いてみました。ちょっとむずかしかったり、話がこみいっていたり、わけのわからないところがあるのは、もしかするとそのためかもしれません。だって、大人になると、むずかしいことや、わけのわからないことがいろいろと出てくるものですから。私はできる限りありのままを書いたつもりです。

ピノッキオの続き話を書くうえで、いろいろな文献を参考にしました。この文章の末尾に一括して掲げましたので、ご関心のある方は何かの助けにしてください。

大変込み入った中身で、しかも破天荒なこの作品に簡潔な要約と、鋭く、かつ的確な解釈をお示しいただいた前之園幸一郎先生（青山学院女子短期大学学長）には厚く御礼申し上げます。先生にはこれまで数々の学恩を受けてまいりましたが、このたび、このような研究的創作（Fiction by Research. 研究的な要素を含む創作物語の意）の面でアドバイスや解説をしていただき、私といたしましては八拝九拝しても足りないくらいの心境であります。心から深く御礼申し上げます。

思えば、この創作を始めたのは今からちょうど十年前、私が大学で担当していたゼミの一女子学生の言葉からでした。「先生、ピノッキオの続きをぜひ書いてください。私、いつまでも待っていますから。」その学生は今はもう結婚し、子どもさんもいるのですが、一年に一回の年賀状のやり取りのとき、私はいつも苦しい言い訳をしてきました。それが今ようやく果たせて、うれしいと同時にほっとしています。

さて、この先、ピノッキオはどうなっていくのでしょうか？ カタイやマンジをめざして旅を続けていくことはたしかなようです。ジパングまで行くのかどうか、それは今の私にはわかりません。人間になったピノッキオは今まさに、彼の人生の旅において「船出」をしたばかりです。これからピノッキオがどうやって生きていくのか、温かく見守っていただけたら幸いです。私もこの話の続きを書きたいと思っています。

そして、読者のあなたご自身でこれからのピノッキオを想像してみてください。私もいろいろと想像をふくらませています。

それではまた、いつの日かお会いしましょう。Ciao!

二〇〇五年十二月

著者

# 参考文献

A　本作品挿入の詩篇に関して
（佐田浩、霜田史光、増田栄一、徳永政太郎の詩篇を参照しましたが、作中において大幅に変更しています。）

B　本作品執筆上の参考図書
（イタリア関係の本など。主要なものに限定しました。）


1　Franco Russoli (translated by Hilda M.R.Cox) The Brera Picture Gallery in Milan(Florence:Arnaud, 1966)　＊ブレラ美術館図録（英語版）
2　カルロ・コルローディ『ピノッキオの冒険』（一八八三年）安藤美紀夫訳ほか
3　コッローディ・作　柏熊達生・訳『ピピの冒険』（新小国民社　一九四七年七月）
4　ダンテ・アリギエリ『神曲』（一三〇七―二一年）山川丙三郎訳ほか。
5　トーマス・ブルフィンチ『ギリシア・ローマ神話』（一八五五年）野上彌生子訳ほか
6　ジョヴァンニ・デッラ・カーサ著　池田廉訳『ガラテーオ』（春秋社　一九六一年一月）
7　ジョン・ラスキン『近代画家論』（一八四三―六〇年）沢村寅二郎、御木本隆三らの訳
8　前之園幸一郎『『ピノッキオ』の人間学――イタリア近代教育史序説――』（青山学院女子短期大学学芸懇話会　一九八七年二月）
9　前之園幸一郎『子どもたちの歴史』（永田書房　一九八九年四月）
10　矢沢利彦『西洋人の見た中国皇帝』（東方書店　一九九二年五月）
11　フェルナン・ブローデル著　浜名優美訳『地中海Ⅱ　集団の運命と全体の動き1』（藤原書店　一九九二年六月）